VENGEANCE DÉLICATE

BEAUTÉS BRISÉES

ALTA HENSLEY

STASIA BLACK

BULLETIN

Pour rester informé de l'actualité et des ventes de livres, abbonez-vous à la newsletter française de Stasia.

https://www.subscribepage.com/stasiablackfrenchnewsletter

INVITATION

L'ORDRE DU FANTÔME D'ARGENT
requiert l'honneur de votre présence

―――

M. EMMETT WASHINGTON

Aux préliminaires de la cérémonie des
Épreuves d'Initiation

SAMEDI 23 OCTOBRE
À minuit et demi

Présence obligatoire

―――

Manoir des Oléandres
109 chemin des Oléandres

CHAPITRE 1
EMMETT

C'ÉTAIT ENFIN MON TOUR.

J'avais patiemment regardé tous mes amis du groupe de recrues être initiés à l'Ordre du fantôme d'argent avant moi. Walker et moi étions les derniers à passer, et j'étais fébrile. Mais je n'étais pas impatient de faire partie de l'Ordre pour les mêmes raisons que Beau ou Montgomery. Je n'attendais pas cet événement depuis toujours. Je n'avais pas été élevé en préparation de ce moment comme les autres initiés avant moi. Il n'y avait pas la moindre goutte de sang bleu dans mes veines. Mon père était le premier homme de la famille à faire partie de l'Ordre, et je serais bientôt le deuxième.

Du sang neuf.

Un jeune homme issu d'une famille de parvenus.

Un étranger qui essayait d'appartenir à une société secrète qui n'admettait que très rarement des nouveaux venus.

Cela dit, il aurait été très difficile pour les Anciens de l'Ordre de refuser à mon père l'accès à leur club fréquenté par les riches et puissants de ce monde. Ils ne pouvaient pas résister à l'idée qu'il fasse partie de leur société, car mon père avait plus d'argent dans le petit orteil que certains d'entre eux en possédaient réunis. L'entreprise familiale, bien qu'elle ne soit pas riche en histoire, prospérait grave grâce à l'énergie solaire. Nous étions à la pointe de la technologie, et de l'avenir. Notre *nouvel* argent éclipsait les maigres millions dont ces hommes se targuaient. En gros, nous avions acheté notre entrée dans cette société très fermée.

Étions-nous traités différemment ?

Putain, oui.

Mais mon père avait mérité sa place et leur respect, et c'était maintenant à moi de suivre ses traces.

Allais-je devoir en faire plus que les autres recrues pour prouver que j'étais digne de devenir membre de l'Ordre ?

C'était inévitable, mais j'étais prêt à relever le défi. En fait, je l'accueillais à bras ouverts. J'avais bien l'intention de montrer à chaque membre de l'Ordre à quel point j'appartenais à leur société secrète et perverse qui s'encanaillait dans les murs hantés du manoir des Oléandres.

Je savais qu'il y aurait des épreuves d'Initiation, qui n'étaient pas pour les âmes sensibles. Et bien que seuls les membres assistent à la plupart de celles-ci – et je ne me fiais qu'aux renseignements glanés dans les histoires et les rumeurs racontées par mes amis les ayant traversées pour l'affirmer –, je ne pouvais pas m'empêcher d'être excité. J'avais soif d'obscénité, de perversion, de tout ce qui repoussait les limites.

J'étais prêt.

Plus que jamais.

Et quand l'horloge a sonné et que les cannes des Anciens en capuches argentées se sont mises à cogner le plancher de marbre blanc de la salle de bal, j'ai su que mon heure était enfin venue.

Je me tenais dans mon smoking blanc devant une rangée de belles en robes de bal faites sur mesure, et de différentes couleurs. Une élégance classique, que j'avais l'intention de souiller bien assez vite. Chaque fille semblait si pure, si élégante, si parfaite. Et pourtant... bientôt... si elles étaient choisies, elles seraient tout le contraire.

Et putain, j'adorais cette idée.

Je savais déjà ce qu'on attendait de moi, ayant observé mes amis avant moi. Je me suis approché des belles, un ruban noir à la main, pour choisir l'heureuse élue que je passerais les prochains cent neuf jours à briser. Tant de choix s'offraient à moi, et je savais que je devais arracher le collier de perles du cou d'une seule d'entre elles. Mais laquelle ?

Lentement, j'ai défilé devant les jeunes filles, n'ayant pas une idée précise en tête de ce que je recherchais. Je savais que j'avais besoin d'une partenaire résistante, ayant la force mentale de surmonter les obstacles que les Anciens dresseraient devant nous. Toute belle devant laquelle je passais qui n'osait pas me regarder dans les yeux ou qui tremblotait était vite exclue. J'adorais les femmes soumises... mais je voulais être celui qui les avait rendues ainsi. Je voulais dompter les flammes, pas qu'elles soient hors de contrôle à mon arrivée.

C'est alors que je l'ai vue.

Mais... j'ai cillé plusieurs fois, car je n'en croyais pas mes yeux.

Bellamy Carmichael ?

Qu'est-ce que *Bellamy Carmichael* foutait au manoir des Oléandres, putain ? Ces filles étaient censées venir des basfonds de la ville, et Bellamy était tout sauf une racaille. Je l'ai connue à l'Académie préparatoire de Darlington. La fifille richarde, débutante, pom-pom girl, reine du bal de fin d'année, et sale garce se tenait devant moi en robe rose comme la princesse qu'elle croyait être.

Bellamy Carmichael, putain de bordel de merde.

Ses yeux bleus comme la mer ont croisé les miens dès le moment où je me suis posté devant elle. J'ai su qu'elle me reconnaissait. Je voyais dans son regard qu'elle savait exactement qui j'étais, mais à l'exception de ses yeux, le reste de son visage restait impassible. Elle avait la tête haute et le dos droit, et je devais reconnaître que ses années d'entraînement pour les concours de beauté lui avaient donné une posture et une contenance parfaites. Un bon coup de vent aurait renversé certaines des filles à côté d'elle, mais pas Bellamy.

Elle était forte. Du moins, elle semblait certainement l'être.

Je voulais lui demander ce qu'elle foutait ici. Je voulais lui demander comment diable elle s'était retrouvée dans cette rangée de belles. Mais je connaissais aussi les règles : nous n'avions pas le droit de parler.

Je voulais regarder derrière moi, Montgomery ou n'importe quel autre des gars avec qui j'avais fait le lycée, pour voir s'ils voyaient la même chose que moi. Est-ce qu'ils reconnaissaient Bellamy ? C'était il y a belle lurette, mais elle était toujours vue comme une jeune fille bien comme il faut dans notre société traditionnelle du Sud. Elle se mêlait à la foule dans les réceptions mondaines, les dîners, les pince-fesses de bourges, et pourtant elle était ici ce soir, à cet événement, l'incarnation même de la dépravation. Était-ce possiblement une erreur ? Elle devait bien être au courant des soirées obscènes du manoir des Oléandres. Elle avait sans aucun doute eu vent de ce qui se passait derrière le voile secret de l'Ordre du fantôme d'argent. Et elle savait exactement ce qui l'attendait si je la choisissais...

Alors, que faisait-elle devant moi, avec ses cheveux blonds soyeux, ses lèvres roses luisantes et sa forme parfaite de sablier qui me suppliaient de la choisir ?

Oh mon Dieu... sa mère. Sa pauvre mère mourrait d'apprendre que sa précieuse petite fille se trouvait dans la salle de bal du manoir des Oléandres. Malgré moi, j'ai esquissé un sourire. J'aimais imaginer le scandale que la nouvelle provoquerait en s'ébruitant. Je mentirais en disant que je n'aimais pas l'idée de souiller l'image parfaite de la pureté que j'avais devant les yeux.

Puis un sentiment d'infériorité m'a happé comme une semi-remorque. Pouvais-je dompter Bellamy ? Étais-je digne de faire d'elle ma reine du bal ? C'était Bellamy Carmichael, bon Dieu de merde !

Comme au lycée. Elle était populaire ; j'étais tout le contraire. Et je la détestais pour ça. Une rage silencieuse a vite remplacé ma défaillance momentanée, et sans réfléchir, j'ai empoigné le collier de perles autour de son cou et je l'ai arraché.

Oui, elle serait ma reine du bal, et je prendrais un malin plaisir à la briser.

La vengeance. Une douce vengeance qui serait à moi une fois que nous aurions terminé l'Initiation. Pas nécessairement une vengeance contre elle, mais contre le passé. Je la ferais payer pour toutes les fois où j'avais souhaité qu'elle tourne la tête dans ma direction et qu'elle me remarque, et j'utiliserais la force qu'elle a toujours possédée pour cimenter ma position au sein de l'Ordre.

Oui, Bellamy Carmichael serait la reine de bal idéale.

Alors que j'attachais le ruban noir autour de son cou, j'ai entendu une voix.

– Emmett Washington, as-tu choisi ta belle pour l'Initiation ?

Je me suis reculé de Bellamy, dans sa robe de princesse que j'allais bientôt déchirer, et j'ai opiné.

– J'ai choisi ma belle.

Le tambourinement sourd des cannes contre le plancher et les murmures des membres de l'Ordre ont été les derniers sons que j'ai entendus alors que Bellamy et moi étions escortés de la salle de bal jusqu'à la chambre au deuxième étage, où je consommerais ma décision. Je savais ce qui serait attendu ensuite.

Et Bellamy ?

Savait-elle que je m'apprêtais à la baiser devant un parterre d'Anciens ?

Je lui ai jeté un coup d'œil en murmurant.

— Bellamy.

— Emmett, a-t-elle répondu simplement, sans tourner la tête vers moi.

Je devais lui demander. Je devais savoir.

— C'est vraiment ce que tu veux ? Il n'est pas trop tard pour reculer.

Il y avait toujours des belles en bas qui divertissaient les Anciens... alors je savais que je pouvais encore en choisir une autre si elle se dégonflait. Maintenant que la réalité la fouettait sans doute en pleine face, je voulais lui donner une ultime chance de prendre ses audacieuses, mais naïves jambes à son cou.

Impossible que cette petite belle du Sud sache ce qui l'attendait. Du moins, pas entièrement.

— Je suis ici de mon plein gré.

Voilà la Bellamy culottée dont je me souvenais.

Cependant, je voulais avoir une vraie conversation avec elle — culottée ou pas. Je voulais la regarder dans les yeux en lui parlant. J'avais tellement de questions, mais je n'avais pas le temps de les poser. Je ne voulais pas non plus me soucier de la raison de sa présence ici. Je ne voulais pas non plus la voir comme autre chose qu'une belle que j'allais utiliser pour gagner mon rang dans l'Ordre. Mes émotions contradictoires me faisaient remettre en question ma décision. Peut-être aurais-je mieux fait de choisir une parfaite inconnue... or le collier de perles avait été rompu, et la décision avait été prise.

Nous étions en marche, et rien ne pouvait arrêter le déroulement de la soirée.

Alors que nous entrions dans la chambre meublée d'antiquités ayant appartenu à des ancêtres qui n'étaient pas les miens et de meubles contenant des souvenirs de famille qui ne m'appartenaient pas, je me suis juré intérieurement de ne pas laisser cette femme entrer dans ma tête. Je ne redeviendrais pas l'intello boutonneux et coincé du lycée, amoureux de la fille populaire qui avait conquis les couloirs de Darlington. Je ne m'autoriserais pas à me sentir inférieur. Je ne la laisserais pas prendre le contrôle. Non, pas une seule once de mon pouvoir ne vacillerait.

Comme si les Anciens avaient lu dans mes pensées et ressentaient le besoin de ponctuer la fin de mon vœu intérieur, ils se sont mis à frapper leurs cannes contre le sol en annonçant :

– Que la consommation commence.

J'avais donné à Bellamy son issue de secours, mais elle restait là. Alors, au point où on en était... advienne que pourra.

Nous nous sommes approchés du lit, au pied duquel les Anciens étaient alignés, prêts à observer nos moindres mouvements. Tellement tordu, mais c'était un défi que j'accueillais à bras ouverts. Si ces pervers voulaient me regarder coucher avec Bellamy, alors j'allais leur en mettre plein la vue.

Sans hésiter, j'ai saisi Bellamy par le bras et je l'ai fait tourner sur elle-même pour défaire les agrafes de sa jolie robe de bal rose. J'étais avide de voir si son corps nu était à la hauteur de mes fantasmes de lycéen.

La robe est tombée à ses pieds, et bien que Bellamy porte de la lingerie blanche en dentelle hyper sexy en dessous, j'étais trop impatient pour vraiment l'apprécier. Je l'ai fait tourner de nouveau pour qu'elle me fasse face et je lui ai arraché chaque morceau de tissu restant. Puis j'ai reculé d'un pas pour la regarder dans toute sa splendeur. Oui, Bellamy était à la hauteur de chacun de mes foutus fantasmes... et plus encore. Je bandais comme un âne et j'ai dû me désaper à mon tour tellement mon froc me serrait la bite. Pendant ce temps-là, Bellamy est restée debout devant moi, mais je l'ai surprise quelques fois à jeter des coups d'œil furtifs aux Anciens dans la pièce.

Oui, ma chère Bellamy, ils nous matent.

Je pourrais prendre mon temps ce soir, et vraiment torturer cette fille, mais ma queue palpitante me hurlait de la pénétrer. La lenteur allait devoir attendre, et la lueur de peur dans les yeux de Bellamy m'a convaincu de lui faire miséricorde. Juste un peu... parce que j'étais parfois un connard sadique. Surtout au lit.

Au moment où j'allais lui sauter dessus, Bellamy a pris l'initiative de ramper sur le lit, le cul en l'air et les jambes légèrement écartées pour me laisser voir les lèvres de sa chatte rose qui appelaient ma queue. Elle prenait le contrôle de la situation — oui, c'est exactement ce qu'elle faisait. Elle me disait silencieusement d'en finir avec la basse besogne. Son ordre non verbal méritait une punition. Elle apprendrait vite qu'on ne me donnait pas d'ordres, peu importe si l'ordre était subtil ou que la personne qui me le donnait était incroyablement sexy.

Et je n'étais *pas* miséricordieux au point d'en finir le plus vite possible.

– Roule sur le dos, ai-je ordonné en m'approchant. Tu n'as pas la permission de dérober ces nibards et cette chatte à la vue des Anciens. Je veux qu'ils puissent voir chaque centimètre de ton corps.

Elle n'a pas bougé sur le coup, alors j'ai écrasé ma paume ouverte contre son cul, lui donnant une fessée pour sa désobéissance, puis je l'ai retournée sur le dos. Ses yeux étaient vitreux de larmes de honte et ses lèvres tremblotaient. Mais quand j'ai baissé les doigts vers sa chatte, j'ai esquissé un sourire diabolique. Ma belle du Sud mouillait.

– Qu'est-ce qui te fait mouiller, ma belle ? Est-ce que c'est tous ces yeux sur toi, qui te voient jouer les vilaines filles, ou bien l'idée de ce que je m'apprête à te faire ?

J'ai fourré le doigt dans sa chatte, et elle a étouffé un cri en arquant le dos.

Puis elle a fermé les yeux et s'est mordu la lèvre.

– Non, Bellamy. Tu les gardes ouverts.

Je m'y suis pris à deux mains pour ouvrir les lèvres de sa chatte, montrant son clito à notre public.

– Comme on va garder tes lèvres ouvertes. On veut voir à quel point tu mouilles.

Elle a jeté un coup d'œil aux Anciens avant de me regarder de nouveau. Je voyais les mots « je t'emmerde » danser dans le bleu de ses yeux.

– Tu n'as pas le droit de fermer les yeux. Tu n'as pas le droit de te cacher.

J'ai relâché ses lèvres avant de la doigter de nouveau. Puis j'ai ajouté un deuxième doigt et je me suis mis à aller et venir, lui étirant son canal serré.

Elle a fermé les yeux et laissé échapper un gémissement, ce que j'ai adoré voir, même si elle enfreignait ma règle.

– Ouvre les yeux, l'ai-je avertie de nouveau, en écartant mes doigts en elle.

Elle a docilement rouvert les yeux et croisé les miens. Une larme s'est échappée du coin de l'un d'eux, et la goutte mélangée à son mascara a créé une zébrure noire sur son visage. Ma queue a tressauté à l'idée d'en voir plus.

– J'aime quand tu pleures, Bellamy. Les larmes noires sont mes préférées.

J'adorais aussi qu'elle n'essaie pas de fermer les yeux ou de m'empêcher de la doigter en public. Je ne pouvais peut-être pas lire dans ses pensées, mais je pouvais certainement lire son corps, et la cyprine qui m'enduisait les doigts me disait tout ce que j'avais besoin de savoir.

Putain de merde, je voulais lui faire tellement de choses. Je voulais explorer son corps en détail. Je voulais la goûter. Je voulais voir comment son corps réagirait à l'arsenal d'actes sexuels que je voulais lui faire, mais je savais aussi que j'avais cent neuf jours pour tester chacune de ses limites. Pour l'instant, j'avais besoin d'être dans sa chatte comme j'avais besoin de respirer.

Remplaçant mes doigts par ma queue, je me suis enfoncé en elle en lâchant un grognement viril. L'envie primitive de la posséder s'est emparée de tous mes sens. Une fois gainé jusqu'aux couilles, je me suis arrêté un instant, je l'ai étudiée, puis j'ai tourné sa tête vers les Anciens.

– Regarde-les pendant que je te baise, Bellamy, ai-je dit en donnant des coups de reins agressifs pour assouvir mon envie de la dominer. Je veux que tu t'habitues à notre public. Ils vont me regarder te dresser et faire de toi une soumise parfaite. Quand j'en aurai fini avec toi, tu ne seras plus la débutante têtue et bichonnée que tu es.

Son corps tanguait alors que je la baisais vigoureusement, et ses yeux restaient ouverts alors que je retenais sa tête en place, la forçant à faire face à la honte et aux démons contre lesquels elle luttait sans aucun doute. Que ma belle aime mes bons soins ou pas, elle ne pouvait pas étouffer les gémissements qui s'échappaient de sa bouche entrouverte. J'allais et venais, profondément, la faisant mienne.

Ne perdant pas de vue le fait que j'avais une galerie à épater, je gardais le torse éloigné du sien pour que les Anciens voient ses seins parfaits rebondir à chacun de mes coups de bassin. Les connards avaient intérêt à me remercier en secret pour le spectacle que je leur donnais. Et bon Dieu de merde, Bellamy était un régal pour les yeux. Physiquement parlant, j'avais fait le meilleur choix. Cette femme était tout ce dont je rêvais et plus. Gros nichons, fesses rondes, forme de sablier, et la chatte la plus serrée que je n'avais jamais baisée.

La sentir se serrer de plus belle autour de ma bite en entendant ma belle pousser des petits geignements a suffi à faire naître une jouissance explosive au creux de mon ventre. Le râle profond accompagnant ma décharge a donné lieu au battement des cannes sur le plancher, et le bruit m'a rappelé exactement où j'étais et ce que les mois à venir me réservaient. Et bien que j'aie fini pour l'instant... j'avais seulement trempé mes lèvres au verre de la débauche. Maintenant, j'avais bien l'intention d'avaler à grandes lampées.

CHAPITRE 2
BELLAMY

DÈS QUE LES derniers Anciens ont quitté la pièce et refermé la porte derrière eux, j'ai remonté la couverture sur mes seins et jeté un regard furieux à Emmett.

– Était-ce vraiment nécessaire ?

Il m'a matée froidement.

– Qu'est-ce que tu veux dire ?

Je me suis contentée de le fixer. J'avais une petite idée de la façon dont cette soirée allait se dérouler.

Je savais qu'il me choisirait. J'étais peut-être imbue de ma personne, mais la moitié des garçons de l'Académie préparatoire de Darlington avaient le béguin pour moi. Et Emmett, avec ses grands yeux de chien battu, n'était pas aussi subtil qu'il le pensait.

Mais je m'en fichais bien.

À l'époque.

J'avais trop envie d'être la plus belle fille de l'école. Apparaître parfaite à l'extérieur pour que personne ne songe à remettre en question ce qui se passait derrière les portes closes.

Et Emmett Washington n'était que le suiveur embarrassant des *vrais* héritiers fortunés qui dirigeaient l'école. Il remplissait à peine les vêtements coûteux que ses parents nouveaux riches lui achetaient.

Mais l'Emmett qui m'avait malmenée et avait exigé des actes aussi pervers avec la voix d'un homme qui savait que tout le monde lui obéissait... Merde alors, il avait bien caché son jeu, l'enfoiré.

Je me suis assise dans le lit pour pouvoir le regarder de haut — à la façon Carmichael.

— Tu n'avais pas besoin de nous donner en spectacle pour eux, ai-je sifflé en indiquant la porte. C'était inconvenant. Tout ce qu'on avait à faire, c'était avoir une relation sexuelle. Tu n'étais pas obligé de faire tout ce cirque.

Emmett s'est contenté d'un sourire narquois, sans prendre la peine de cacher sa nudité. Sa bite ne s'était que légèrement ramollie et elle était toujours obscènement grosse, couchée contre sa cuisse.

— Je ne pense pas que tu comprennes comment ça fonctionne ici, princesse. C'est moi qui commande. Tu es *ma* reine du bal. Tu m'obéis sans broncher.

J'ai jeté les mains en l'air.

— Mais tu as choisi quelqu'un qui sait un peu comment ces choses se passent. Ma mère déjeune avec toutes les épouses de ces hommes, pour l'amour du ciel ! Si j'étais un mec, je serais dans l'Ordre comme mon père l'était !

Emmett a perdu son sourire en coin et il s'est avancé vers moi sur le lit.

— Alors, qu'est-ce que tu fais ici ? Et pourquoi ils t'ont laissée entrer ? Je pensais que c'était strictement interdit aux...

Il a souri de nouveau, me regardant de haut en bas comme s'il me manquait quelque chose.

— ... aux filles comme toi.

J'ai levé le menton, outrée.

— Tu veux dire aux femmes qui ont de la classe ?

Il m'a lancé un regard noir.

— Non, des femmes qui sont trop prétentieuses pour remercier la chance. Ce qui semble être ton cas. Alors, dis-moi, Bellamy, ai-je commis une erreur en te choisissant ?

Je lui ai rendu son regard, souriant avec dépit.

— Tu sais que non. Après tout, j'étais là. Tu semblais content de ton choix, ai-je ajouté en montrant le lit de la main.

Ses yeux étaient froids et calculateurs comme ceux d'un serpent.

— Toi aussi. C'est pour ça que tu t'es portée volontaire pour être une reine du bal ? Pour te faire baiser brutalement et salement comme une grosse salope ? Je parie que si je touche ta chatte maintenant, elle sera toute mouillée pour moi.

— Dans tes rêves, fils de pute.

Il a pointé un doigt devant mon visage.

— C'est ton premier et unique avertissement. Tu m'appelleras *monsieur*, dorénavant.

J'ai rigolé. Je n'ai pas pu m'en empêcher. Il plaisantait, j'espère.

Mais il ne riait pas... il ne souriait même pas.

— Je ne plaisante pas, bordel. Si on fait ça, ce sera dans les règles. Sinon, tu peux descendre l'escalier et quitter le manoir avec ton joli petit cul rose.

— Mais, ai-je objecté, aucune règle ne stipule que je dois t'appeler...

— Ce sont mes règles. Et les règles disent que la reine du bal doit se plier au bon plaisir de l'initié.

Pendant une seconde, je suis restée bouche bée. Ça faisait des années que j'entendais chuchoter des rumeurs sur ces épreuves d'Initiation, mais je n'avais jamais rien entendu de ce genre.

– Autrement dit, tu veux que je sois ton esclave vingt-quatre heures sur vingt-quatre ?

La vérité, honnêtement, c'est que j'aurais dû m'enfuir dès que j'ai vu la lumière jubilatoire briller dans ses yeux à ma question.

– Exactement, a-t-il dit, ne cédant pas d'un pouce.

– Mais...

– Pas de mais, m'a-t-il coupée.

– Ce n'est pas juste !

Il a ri, et ce n'était pas un rire amical ou joyeux. Il s'est approché de moi et a pris mon menton dans sa main. Pas une prise douloureuse, mais elle était ferme.

– Tu penses que la vie est juste, princesse ?

Il a secoué la tête. Ses yeux n'avaient jamais été aussi sombres.

– Eh bien, c'est ta première erreur. Tu penses que c'est juste que tu sois née nantie, et que ma mère soit née sans rien ? Tu penses que c'est juste que toutes les filles qui se disputaient ta place aient plus besoin que toi du prix qui accompagne la réussite de ces épreuves, mais que je t'ai quand même choisie ? Tu penses que c'est juste que des gens meurent de faim et de maladie sur cette planète tous les jours, mais que tu manges littéralement avec une cuillère en argent à tous les repas ?

Il se rapprochait de mon visage à chaque mot, mon menton toujours dans sa main.

– Réveille-toi. Je vais te donner un cours intensif sur l'équité, princesse. Parce que la vie est sacrément injuste, putain.

J'ai reculé, dégoûté par son contact, ce qui l'a fait sourire.

– Pourquoi es-tu si odieux ? ai-je sifflé.

J'avais envie de le repousser brutalement ou de le frapper.

Je voulais lui faire mal avec mes poings comme il me faisait mal avec ses mots.

Il pensait me connaître parce qu'il m'avait vue de loin à l'époque du lycée ? Qu'il aille se faire foutre. Il ne me connaissait pas. Aucun d'entre eux ne me connaissait.

– Je ne suis pas odieux, princesse.

Je l'ai fusillé du regard.

– Arrête de m'appeler comme ça.

– Princesse. Je t'appelle comme bon me semble. Et tu m'obéiras comme ton maître, aussi bien pendant les épreuves en bas que le reste du temps.

Il était fou. Il disjonctait sérieusement s'il croyait...

– C'est toi qui as mis les pieds là où il ne fallait pas, *princesse*. Si tu n'acceptes pas les termes de mon contrat, tu n'as qu'à descendre l'escalier et partir.

Qu'il soit maudit.

Maudit.

Il me tenait à la gorge, et il le savait, même s'il ne connaissait pas les détails de son Initiation.

J'ai repensé au mariage où j'avais élaboré ce plan stupide. Bon d'accord, ce n'était pas vraiment mon idée.

C'était l'idée de ma mère de me prostituer pour sauver la fortune familiale.

Mais j'avais bêtement choisi Emmett, pensant qu'il serait le plus manipulable des deux derniers célibataires en lice.

Ah !

Ahah, haha ! En voyant l'homme aux yeux noirs en face de moi, j'ai compris qu'il serait plus facile de bouger une semi-remorque que de faire changer d'avis ce bâtard qui voulait que je sois son *esclave*.

Une esclave ? Il avait raison sur certains points. J'avais grandi choyée, et ce qu'il demandait... Eh bien, en fait, qu'est-ce qu'il demandait exactement ?

– Qu'est-ce que tu entends par contrat ?

Un bon négociateur ne prenait jamais de décision avant d'avoir tous les éléments en main.

– On discute des limites : ce que tu es prête à faire et ce que tu n'es pas prête à faire. Je t'exposerai ce que j'attends de toi dans cet échange de bons procédés.

Son ton avait complètement changé, comme s'il était un avocat discutant des clauses d'un contrat dans une réunion d'affaires.

– S'il y a quelque chose que tu ne veux absolument pas faire, sexuellement ou autrement, on en parlera et on négociera. Tu auras un mot de sécurité pour arrêter le jeu si tu sens que les choses excèdent de beaucoup ta zone de confort. Mais dans cette situation, et contrairement à une vraie dynamique BDSM, utiliser ton mot de sécurité équivaudra à sortir du manoir et quitter les épreuves prématurément, donc échouer.

Je l'écoutais en clignant des yeux, abasourdie.

– Pourquoi tu veux rendre les épreuves plus éprouvantes qu'elles ne le sont déjà ? Tu ne veux pas les réussir et devenir membre de l'Ordre du fantôme d'argent ?

Emmett a haussé les épaules.

– Si, bien sûr. Mais je veux imposer mes conditions. Signer un tel contrat consiste en partie à établir une zone de confiance avec ma partenaire soumise. Je ne devrais jamais repousser tes limites au point que tu doives utiliser le mot de sécurité. Mais je vais bel et bien les repousser. J'ai l'intention de montrer aux Anciens que j'ai toutes les qualités qu'ils recherchent chez un initié, et plus encore. Et je vais leur montrer à travers toi.

J'ai poussé un gros soupir. Seigneur, dans quelle galère m'étais-je fourrée ?

Mais avant que je ne puisse y penser, Emmett s'est levé,

nu comme un ver et, je devais l'admettre à contrecœur, beau comme un dieu — tout en muscle avec un cul magnifique.

J'ai détourné les yeux avant qu'il ne me surprenne à le fixer. Il n'a pas tardé à revenir au lit, avec sa paperasse. Il ne plaisantait pas avec le contrat.

Ce n'était pas juste une page ou deux. C'était un exemplaire relié. Avec une table des matières.

J'avais les yeux écarquillés quand Emmett s'est assis à côté de moi et s'est mis à feuilleter le contrat et à le lire d'une voix sérieuse d'avocat.

Modalités. Objectifs. Droits et Responsabilités du Maître.

Mais c'est lorsque nous sommes arrivés aux Devoirs et à la Disponibilité de l'Esclave que les choses sont devenues vraiment intéressantes. L'esclave devait toujours être disponible pour le Maître dans l'arrangement qu'Emmett proposait : vingt-quatre heures sur vingt-quatre. J'ai dégluti difficilement rien qu'à l'idée. Est-ce que je pouvais le faire ? Lui donner le contrôle de chaque minute de ma vie pendant trois mois ?

C'est en gros ce que j'imaginais devoir faire de toute façon. Seulement j'avais pensé que j'aurais un peu de temps pour moi. Une pause syndicale ici et là.

Mais peut-être qu'il fallait mieux s'abandonner complètement. Ne serait-ce pas… intéressant, sinon rafraîchissant, de ne pas avoir à me soucier de quoi que ce soit pendant trois mois ? Que quelqu'un d'autre prenne toutes les décisions et assume toutes les responsabilités à ma place.

Puis je me suis concentrée sur Emmett.

Qui énumérait la liste des positions sexuelles, des jouets et des perversions, dont certaines m'ont fait écarquiller les yeux.

J'ai immédiatement protesté à la mention du fisting. Non, non merci. Continuons.

Il a roulé des yeux, mais n'a pas insisté. Bon Dieu, a-t-il vraiment...

Nan, je ne voulais pas y penser. Continuons, continuons.

J'ai dû l'interroger sur plusieurs autres termes, tous plus révélateurs les uns que les autres. J'avais toujours pensé être une fille assez libre en matière de sexe, mais avec ce qu'il décrivait, je me sentais comme la provinciale naïve que j'étais.

Ça ne me plaisait pas.

Et je n'ai certainement pas aimé la section intitulée **Punition**.

– Euh, pardon ? Punition ? Je ne suis pas une enfant.

Il a arqué un sourcil.

– Les partenaires soumises qui ont un comportement insolent sont punies.

– Un comportement insolent...?

Je me suis tue, sentant déjà la chaleur monter dans mes joues.

– Répondre. Ne pas obéir assez vite. Tester ma patience. Ne pas être à la hauteur de mes exigences.

J'ai levé les yeux au ciel et il m'a saisie par la nuque, me forçant à le regarder dans les yeux, nos nez se touchant presque.

– Lever les yeux au ciel, a-t-il dit d'un grondement sourd qui, pour une raison ridicule, a fait durcir mes tétons.

Je voulais le repousser, mais je ne l'ai pas fait. Je me suis contentée de serrer la mâchoire et de siffler entre mes dents.

– Et en quoi consistent ces *punitions* ?

Un sourire méchant est apparu sur son visage à la question.

– Oh, tu verras, princesse. Tu verras. Maintenant, tu signes le contrat ou tu pars tout de suite.

Il m'a tendu un stylo qu'il avait sorti de nulle part.

J'ai dégluti, puis expiré aussi silencieusement que possible.

Je n'avais pas le choix.

J'ai pris le stylo et j'ai signé le contrat sur la dernière page à côté de l'endroit où il avait écrit mon nom en lettres majuscules.

Pourquoi avais-je le sentiment que je venais de renoncer à ma vie, à ma dignité et à mon avenir ?

CHAPITRE 3

EMMETT

J'AI TOUJOURS EU un faible pour les baises matinales, surtout avec une femme soumise. Les cheveux ébouriffés, le maquillage coulé et l'odeur distante du sexe de la veille créaient une drogue addictive. Mais pas ce matin. Je m'abstenais de toucher Bellamy... pour l'instant. Nous aurions sans aucun doute amplement le temps de nous rattraper ce soir, mais ce matin, je préférais étudier ses moindres mouvements, histoire de mieux la contrôler plus tard.

La première chose que j'ai remarquée... est qu'elle était timide. Du moins lorsqu'il était question de son apparence physique. J'ai relevé ses gestes subtils pour dissimuler sa nudité à mes yeux à son réveil. Elle n'était pas maquillée comme une poupée Barbie, et sa beauté naturelle la rendait visiblement mal à l'aise. Mais dès qu'elle est sortie de la salle de bain après une douche ridiculement longue et Dieu seul sait ce qu'elle avait fait d'autre là-dedans, j'ai remarqué une assurance renouvelée chez elle. Presque comme si elle portait une peinture de guerre et qu'elle était prête pour le combat.

Je me suis aussi rappelé qu'elle avait toujours été sociable et volubile. Cette fille savait se mêler à des invités dans une fête comme une véritable mondaine du Sud. Mais ce matin, elle se faisait très discrète. Elle restait laconique et semblait étudier mes moindres mouvements. Exactement comme je le faisais avec elle.

Nous nous sommes assis dans la salle à manger officielle, l'un en face de l'autre à la table extrêmement longue, et nous nous sommes fixés en attendant que Mme H. arrive pour nous servir notre petit déjeuner.

– As-tu bien dormi ? ai-je demandé, sentant que Bellamy attendait que je dise le premier mot.

– Non, a-t-elle déclaré simplement, en soutenant mon regard. Je ne vois pas comment j'aurais pu bien dormir étant donné qu'on partageait le même lit — nus selon tes ordres.

– J'aurais pu te ligoter ou encore te faire dormir à mes pieds. J'aurais même pu demander qu'on m'apporte une cage où t'aurais dormi comme mon animal de compagnie, ai-je répliqué avec un sourire sadique. Sois reconnaissante d'avoir eu la chance de dormir dans le lit, avec le fait de rester à poil comme seule exigence de ma part.

Elle s'est contentée de se renfrogner sans dire un mot.

Visiblement, on avait affaire à une épreuve de force. Je la voyais écumer de rage derrière ses yeux bleus. Cette fille allait me donner du fil à retordre, et ma queue a tressauté à la perspective.

Mme H. est entrée, un sourire chaleureux aux lèvres.

– Qu'est-ce que je vous sers, les enfants ?

– Je vais prendre des œufs brouillés, des toasts et un bol de fruit, ai-je dit. Et un café noir, s'il vous plaît.

Mme H. a hoché la tête avant de regarder Bellamy.

– Et pour toi ?

– Elle va prendre la même chose que moi, ai-je répondu à sa place.

Bellamy m'a fusillé du regard alors que sa bouche s'ouvrait pour commander.

— Je vais juste prendre un café et des fruits, s'est-elle énervée en me lançant son regard le plus méchant.

— Elle va prendre exactement la même chose que moi, ai-je répété, en plissant les yeux et crispant la mâchoire.

Je n'aimais pas qu'on me tienne tête, encore moins en public.

Mme H. m'a regardé et a secoué la tête.

— Emmett, garde ton côté dominateur pour les épreuves, s'il te plaît.

— Elle va prendre exactement ce que j'ai commandé. Point final.

Bellamy a bougé dans son siège, et j'ai vu que mon regard noir la mettait mal à l'aise. Bien. Ça signifiait qu'elle avait du gros bon sens ; elle savait qu'elle m'avait provoqué avec son entêtement à la con.

— Je vais prendre la même chose que lui, a-t-elle enfin dit.

Sa voix s'était adoucie, mais Bellamy a redressé la colonne et a levé le menton comme si le geste lui donnait une sorte de pouvoir secret.

Mme H. a secoué la tête, un sourire en coin aux lèvres.

— Vous avez intérêt à régler vos conneries. Je ne vais pas jouer à ce petit jeu à chaque repas, dit-elle en se tournant vers moi et me pointant. Et ne t'avise pas de penser même pour une seconde que tu peux *me* mener à la baguette.

Je lui ai souri de toutes mes dents.

— Je n'oserais jamais faire ça. Merci, Mme H.

Quand elle est partie chercher notre petit déjeuner, j'ai pris une grande inspiration, laissant la lourdeur dans l'air peser sur Bellamy. Peut-être qu'elle s'attendait à ce que je la châtie, ou que je gueule, car son corps s'est tendu. Mon regard disait tout ;

je savais que j'exsudais assez d'intensité pour briser la personne la plus forte de la pièce. Et à en croire l'inconfort apparent de Bellamy, mon silence ne faisait qu'accroître la tension à table.

– Je ne voulais pas d'œufs ni de toasts, a-t-elle enfin dit.

– Je ne te l'ai pas demandé.

– Je n'ai pas besoin que tu commandes à ma place.

Je me suis adossé dans ma chaise et j'ai croisé les bras sur la poitrine.

– Ôte ta culotte, ai-je ordonné d'une voix calme, mais ferme.

Ses yeux se sont agrandis ; sa bouche s'est ouverte, fermée, puis rouverte.

– Pardon ?

– Je t'ai dit d'ôter ta culotte.

Elle a jeté un coup d'œil vers la porte par laquelle Mme H. venait de sortir, puis elle m'a regardé.

– Pourquoi je ferais ça ?

– Bellamy, ai-je dit, la menace lourde dans chaque syllabe de son prénom. Je vais te le répéter une seule fois. Enlève ta culotte tout de suite. Si tu ne fais pas ce que je te demande, je vais venir te l'enlever moi-même. Mais si je dois me lever, il va y avoir des conséquences.

Elle s'est mordillé le coin de la bouche alors que ses joues se teintaient de rose.

– Emmett, c'est vraiment nécessaire ? a-t-elle commencé, mais quand j'ai fait mine de me lever, elle m'a vite fait signe de rester assis. D'accord, très bien.

Elle a jeté un autre coup d'œil vers la porte, puis elle a passé les mains sous la table, retroussé sa robe, et descendu sa culotte de dentelle jusqu'à ses chevilles. Elle s'est penchée et l'a enlevée comme je le lui avais ordonné.

Puis elle a levé le bras, le slip pendant de son index, et a demandé :

– Et que veux-tu que j'en fasse maintenant, ô maître tout-puissant ?

Son courage renouvelé et son culot m'ont donné envie de pouffer, mais j'ai serré la mâchoire pour me retenir.

– Pose-la à côté de ta serviette sur la table. Elle restera là pendant tout le petit déjeuner pour te rappeler de bien te tenir. Je ne tolère pas que l'on conteste mon autorité en public. Si je veux commander pour toi, et me charger des soins que reçoit ma soumise, et de tout ce qui t'arrive durant chaque seconde de la journée, je vais le faire. Compris ?

Elle a posé la culotte, mais je voyais qu'elle n'était pas contente — pas du tout.

– Compris ? ai-je redemandé avec plus de force.

J'aurais bientôt besoin d'une séance de dressage avec elle pour lui apprendre exactement ce qui arrivait quand on testait mes limites.

– Oui, a-t-elle fini par dire, en m'envoyant chier avec ses yeux.

– Oui, quoi ? ai-je insisté, ignorant la bravade qu'elle s'efforçait visiblement de contenir.

– Oui, *monsieur,* a-t-elle craché au même moment où Mme H. revenait dans la pièce avec des cafés bien mérités.

Quand elle a vu la petite culotte sur la table, elle a secoué la tête, mais elle n'a pas dit un mot. Elle est partie en silence chercher le reste de notre petit-déj.

– Me faire honte, ça fait partie de ton jeu ? a demandé Bellamy.

– Si c'est nécessaire, ai-je répondu. T'as visiblement été bichonnée toute ta vie. On ne t'a jamais dit non ou redressée.

– Redressée ? Qu'est-ce que tu veux dire ?

J'ai ricané en sirotant mon café.

– Oh, tu vas le découvrir bien assez vite. Crois-moi.

– Et tu ne me connais pas, a-t-elle répliqué en croisant les bras sur la poitrine, et ignorant son café — comme s'il était contaminé d'une certaine façon, parce que je l'avais commandé pour elle. Tu crois me connaître, mais t'as pas idée de ce que j'ai vécu, ou de ce que je vis en ce moment.

– Je me base sur des faits. Non seulement je me souviens de toi comme de la petite richarde pourrie gâtée de Darlington, mais je t'ai aussi vue papillonner d'une fête à l'autre, et d'un friqué à l'autre à essayer de mettre le grappin sur M. Plein-aux-as.

Bellamy n'a pas pu cacher son air méprisant. Je l'avais contrariée, mais voilà ce qui arrive quand on n'a pas l'habitude d'entendre la vérité. Le fait d'avoir été entourée de béni-oui-oui toute sa vie l'avait polie comme un diamant, mais l'avait rendue incapable de voir les défauts.

Et à une certaine époque, j'étais incapable de les voir aussi. J'étais trop ébloui par l'éclat, comme tout le monde. Je n'avais pas grandi dans le système scolaire de Darlington comme mes camarades de classe. J'étais arrivé en quatrième, transplanté de Californie. Ma famille n'avait pas toujours été riche, mais papa avait fait un max de pognon en bâtissant son entreprise de A à Z.

Il avait commencé par l'énergie solaire, puis il s'était lancé dans les voitures électriques, et son ambition n'avait pas de limites. Littéralement. On construisait des fusées aujourd'hui, qui faisaient de nous un adversaire de taille dans la course à l'espace.

Papa était juste moins ostentatoire que les autres trouducs milliardaires, et aussi moins intéressé par la scène médiatique.

Quand on venait d'arriver, il amassait encore son pouvoir et commençait tout juste à s'intéresser aux voitures électriques. C'est pour ça qu'on avait déménagé ici. Il avait construit une usine en périphérie d'Atlanta. C'est à peine si l'Ordre du fantôme d'argent avait consenti à l'accepter dans ses rangs, et seulement parce qu'il avait fait un don énorme à la société.

Du coup, j'ai toujours eu du mal à m'intégrer. Montgomery et les autres types m'avaient accueilli dans leur bande, mais j'étais sans conteste un étranger. Un gosse maigrichon de Californie qui n'avait même pas encore mué. J'aimais les maths plus que le football et les jeux vidéo. Je traînais avec les autres, et on faisait tous semblant que ce n'était pas le fric de mon paternel qui m'avait, en réalité, acheté ces amitiés.

Puis il y avait Bellamy Carmichael. Elle était belle, populaire, la fille que toutes les filles voulaient être et que tous les garçons voulaient se taper. Et elle était tout simplement intouchable. Elle sortait seulement avec des mecs de terminale, et quand on est enfin arrivés en terminale, elle sortait seulement avec des mecs de la fac.

Elle ne serait certainement jamais sortie avec un type comme mes potes et moi, même si elle traînait avec mon groupe d'amis.

Quand on est arrivés au lycée, j'ai eu l'impression de vraiment faire partie de la bande. J'avais accepté que ces cinq mecs soient à jamais plus proches les uns des autres qu'ils l'étaient de moi. C'était inévitable ; ils se connaissaient depuis qu'ils portaient les couches, bordel. Quant à moi, j'avais pris un peu de masse, et je sortais même avec des nanas de temps en temps.

Papa avait décroché un contrat avec la NASA et je me sentais plus sûr de moi quand j'ai rassemblé le courage de lui parler. Bellamy. La déesse à qui je vouais un culte secret depuis cinq ans. Elle s'asseyait à notre table chaque jour, mais elle ne m'a jamais adressé la parole. Remarque, je ne l'avais jamais fait non plus.

Mais le moment était enfin arrivé.

. . .

Elle avait passé la semaine précédente à parler en long et en large de sa rupture avec son dernier mec. Et le bal de fin d'année était dans trois semaines.

C'était maintenant ou jamais.

Après le son de la cloche signalant la fin du déjeuner, j'ai laissé mon plateau sur la table et je me suis dépêché de l'intercepter avant qu'elle file à son cours suivant.

– Hé, Bellamy, ai-je dit, avant de déglutir.

Merde, pourquoi j'avais la gorge si sèche tout à coup ? J'entendais mon cœur tambouriner dans mes oreilles.

Elle s'est arrêtée, fronçant les sourcils en me voyant lui bloquer le chemin et sortant son portable pour regarder ses textos.

– Tuveuxalleraubal ?

– Hein ? a-t-elle dit en levant la tête.

J'ai toussé un peu, m'éclaircissant la gorge.

– Le bal. Euh, de fin d'année. Tu veux y aller ? Avec, ben euh... moi ?

Elle a balayé nos alentours de ses yeux écarquillés. Plusieurs personnes nous regardaient. Merde. Je n'avais pas envisagé d'avoir un public. J'avais seulement choisi cet endroit parce que je savais qu'elle y était chaque midi.

J'ai ouvert la bouche pour ajouter quelque chose, peut-être pour m'excuser de lui poser cette question à brûle-pourpoint, ou encore pour lui avouer qu'elle me plaisait depuis un bail et que j'aimerais apprendre à la connaître. Je voulais lui dire que je la voyais. Oui, la plupart du temps, elle souriait et en mettait plein la vue, mais parfois, elle semblait triste et perdue lorsqu'elle croyait que personne ne la regardait.

Je voulais lui dire que je comprenais, que je ressentais parfois la même chose. Oui, mon père prospérait grave, mais je le connaissais à peine parce qu'il était constamment en déplacement.

Mais ce que j'aurais pu dire a été coupé court par son rire cinglant lorsqu'elle a reposé les yeux sur moi.

— Aller au bal ? Avec toi ?

Elle a parlé si fort que les élèves qui ne s'étaient pas encore arrêtés pour nous regarder l'ont fait à ce moment-là. Comme s'ils étaient témoins d'un carambolage.

Et c'est l'impression que j'ai eue. Ses mots m'ont percuté comme une semi-remorque alors que ses traits durcissaient cruellement. J'aimerais pouvoir dire qu'elle était laide à ce moment-là, mais non ; même en me démolissant devant tout le monde, elle était sublime.

— Ma grand-mère était proche des Rockefeller, a-t-elle renâclé avant de pointer derrière moi. Tu sais qu'ils traînent seulement avec toi à cause du fric de ton paternel, n'est-ce pas ? Tu n'es pas un sang bleu.

— Oh, pas la peine d'être une salope, Bellamy, a lancé Montgomery derrière moi, et j'ai senti mon visage s'empourprer au fait que mon pote doive prendre ma défense.

Bellamy a changé de jambe d'appui et haussé les épaules.

— Désolée si je suis la seule qui dit les vraies choses.

Puis elle s'est retournée et éloignée en roulant des hanches, comme si elle ne venait pas tout juste de me poignarder le cœur.

— Le lycée était il y a longtemps, a dit Bellamy, me ramenant dans le présent. Je ne vis pas dans le passé. La fille que j'étais à l'époque n'est certainement pas la femme que je suis aujourd'-hui. Tout comme j'espère que le *garçon* que tu étais, assis dans la cantine à me mater tous les jours n'est pas l'homme assis devant moi en ce moment. Et pour ce qui est de ma vie actuelle... si je ne m'abuse, tu étais aux mêmes fêtes de Darlington entouré de nanas qui voulaient que tu sois leur papa gâteau. Alors ne t'avise pas de me juger à moins de pouvoir te regarder toi-même. On joue chacun le jeu, Emmett. C'est Darlington. Ça fait partie de nous.

Après le lycée, j'étais parti pour la fac, déterminé à devenir un homme. On ne me regarderait plus jamais de haut comme Bellamy l'avait fait ce jour-là. Les gens pouvaient bien essayer de me rabaisser, mais j'avais développé une estime de moi et je m'étais taillé une place dans ce monde. Puis j'étais revenu à Darlington pour revendiquer la place qui me revenait de droit.

Ma paume me démangeait tellement je voulais claquer le cul nu de Bellamy pour lui montrer *l'homme* que j'étais devenu. Heureusement pour elle, Mme H. est revenue avec notre petit déjeuner.

Comme si elle sentait la tension dans la pièce, Mme H. nous a vite servis avant de se diriger vers une armoire. Elle en a sorti une boîte blanche avec un ruban noir, puis elle l'a posée sur la table devant Bellamy.

– Pour l'épreuve de ce soir. Avant chaque épreuve, vous allez recevoir une boîte contenant la tenue que vous devez chacun porter, s'est-elle contentée de dire avant de nous laisser.

– On jette un coup d'œil dedans ? a demandé Bellamy en passant les doigts sur le ruban noir.

– Vas-y, ouvre-la.

J'ai inspiré profondément. J'avais besoin d'une diversion pour me ressaisir. Bellamy avait le don de m'énerver, mais je refusais de la laisser voir à quel point.

Elle a sorti un smoking pour moi, ce à quoi je m'attendais, puis elle a zyeuté la boîte pratiquement vide. Il ne restait plus qu'un pinceau et une paire d'escarpins argent.

Elle a pris le pinceau en arquant le sourcil.

– J'imagine que c'est tout.

J'ai pris ma première bouchée, contenant le rire gras qui voulait s'échapper de ma gorge.

— On dirait bien, ai-je dit en pointant son assiette du menton. Mange ton petit déjeuner au complet. Ce n'est pas une suggestion, mais un ordre.

Je l'ai guettée, m'attendant à une riposte. J'étais prêt à me lever de table, ôter ma ceinture et lui montrer exactement ce qui arrivait lorsqu'elle me désobéissait, mais je préférais attendre de m'être rempli la panse, et que la caféine fasse effet. Heureusement pour moi, Bellamy n'était pas d'humeur à se battre. Bien que j'aie vu ses narines s'évaser légèrement, et ses parfaites dents blanches grincer, elle s'est tenue tranquille et s'est mise à manger.

— Bellamy, ai-je enfin dit, interrompant le silence après un moment. À propos de ce soir. Je veux que tu saches que j'ai des attentes pour les épreuves.

Elle s'est arrêtée de mâcher et m'a regardé, mais elle n'a rien dit.

— Je veux que ce soit clair. Il va y avoir beaucoup d'hommes. Tous les regards seront rivés sur toi, mais il y a une règle que je ne te permettrai jamais de briser. Tu es à *moi*. Juste à moi. Je t'interdis de toucher, parler ou même regarder un autre homme à moins d'avoir ma permission expresse. À *moi*. Compris ?

Elle a hoché la tête en déglutissant, puis elle a bu une gorgée de café pour faire descendre sa bouchée de toast.

— J'exige aussi la perfection. Je veux que notre épreuve soit meilleure que celles des initiés avant nous et celle des initiés après nous. Je ne donne pas dans le médiocre. Je ne l'ai jamais fait. Si les Anciens veulent un spectacle, on va leur en donner un. Quoi qu'ils nous demandent... on le fait. Je ne veux pas qu'ils voient de l'insolence, de la résistance ou quelque autre forme d'irrespect de ta part. Cela dit, sache que je vais te protéger et te guider tout au long du processus. Tu es à moi, et je ne prends pas cette responsabilité à la légère. Je ne demande pas seulement ton respect ; tu verras vite que je vais aussi le mériter du début à la fin. Mais j'ai besoin que tu me laisses mener. J'ai besoin que tu te soumettes et que tu me fasses confiance. Compris ?

— Oui, a-t-elle glapi. Oui, *monsieur*.

Elle a posé sa fourchette et elle s'est penchée en avant pour donner du poids à ses mots.

— Je veux réussir ces épreuves autant que toi. Et comme toi... je ne donne pas dans le médiocre. J'ai été conditionnée toute ma vie à être parfaite. Tu t'apprêtes à voir à quel point je peux être parfaite dans tout ce qui nous attend.

CHAPITRE 4
BELLAMY

APPAREMMENT, la *perfection* consistait à descendre avec élégance le grand escalier du manoir des Oléandres, nue comme un ver — oh, à part les escarpins Louboutin argentés. J'ai gardé la tête haute et le dos droit, comme on nous l'apprenait aux répétitions du bal des débutantes. Il est vrai que Mme Marshall n'imaginait certainement pas un tel scénario quand elle nous enseignait de sa voix de crécelle les « bonnes manières » et « l'éducation » permettant de faire un « beau mariage. »

Parfois, j'avais l'impression que le comté de Darlington était resté coincé au vingtième siècle... ou au dix-neuvième, ai-je pensé en descendant cet escalier monumental en marbre blanc éclairé par un lustre à gaz.

D'autres femmes nues sont entrées en même temps que moi dans la salle de bal. Des hommes en smoking et cape argentée nous attendaient. J'ai légèrement vacillé au moment où j'ai croisé des visages familiers : Montgomery Kingston et ses potes Beau et Rafe. Merde, je me pavanais nue devant des gens que je *connaissais*. Quand Emmett m'a baisée avec tant d'enthousiasme, au moins nous n'avions que les Anciens pour témoins, mais ce soir... ce soir, ce serait devant tout le monde.

À côté de moi, Emmett n'a même pas tendu un bras pour me stabiliser. Non, c'était un test, pour voir si j'allais tenir sur mes deux pieds. Il ne voulait pas me dorloter, pas du tout. Il pensait que j'étais une enfant gâtée.

L'assemblée était au complet quand Emmett s'est finalement penché vers moi. J'ai pensé qu'il voulait m'encourager. Mais j'ai vite déchanté quand il a murmuré à voix basse de sa voix autoritaire :

— Juste un rappel, tu m'appartiens. Tu n'as pas le droit d'avoir le moindre contact visuel avec un autre homme dans la pièce ce soir. Seulement moi. Interdiction de *toucher* un autre homme. Seulement moi. Et souviens-toi, j'exige la perfection.

J'ai hoché la tête, écoutant à moitié. S'il voulait juste me donner des ordres avant que nous soyons censés être sur scène, il pouvait aller se faire foutre. J'avais besoin de me concentrer. Il m'avait dit que je devais être parfaite ce soir. Eh bien, le spectacle allait bientôt commencer, et je ne pouvais pas me permettre de manquer un seul détail.

L'un des Anciens, debout au centre de la pièce, a frappé le sol de sa canne une fois que nous nous étions tous là. Les portes par lesquelles les filles étaient entrées se sont refermées derrière elles de façon sinistre. Dans un coin, deux violonistes se tenaient debout. Un violon a commencé, émettant une note lente, longue et vibrante. Puis un second s'est joint à lui, une note stridente, de sorte que lorsque les deux instruments jouaient ensemble, la musique vous traversait littéralement le corps.

J'ai gémi doucement, regardant autour de moi pour voir si d'autres personnes étaient affectées ou si c'était un quelconque signal.

Mais l'Ancien au centre de la salle qui frappait sa canne a pris la parole, alors que les deux violons continuaient de danser et d'entremêler leurs notes, comme une promesse sensuelle de ce qui allait suivre.

— Femmes, apportez vos pots de peinture. Dansez et peignez-vous les unes les autres pour le plaisir de nos yeux.

J'ai regardé autour de moi et j'ai vu que la moitié des femmes tenaient des petits pots remplis de peinture argentée. C'est alors que j'ai enfin compris ce qui avait changé dans la salle de bal. Le sol était recouvert de panneaux rivés entre eux pour protéger le sol en marbre. Ils s'étaient préparés à ce qu'on en foute partout.

Les binômes se sont formés entre les femmes avec un pot et celles qui n'en avaient pas. La musique est montée en puissance au moment où une femme aux cheveux noirs et soyeux a plongé sa main délicate dans le pot et l'a ressortie, les doigts dégoulinants d'argent.

Merde, je n'avais pas d'autre solution que faire comme si je ne connaissais personne ici. Je ne voulais pas penser à Montgomery et aux garçons avec qui j'avais grandi.

Je me suis avancée vers la femme, qui m'a souri. Je n'avais pas besoin de regarder derrière moi pour savoir qu'Emmett avait les yeux rivés sur moi. Mais il n'avait pas à s'inquiéter. J'avais reçu son message cinq sur cinq.

La perfection. J'allais me donner en spectacle pour lui. Pour eux tous. Leur montrer.

J'étais Bellamy Carmichael, bordel. Je n'étais pas une petite chose fragile. S'il voulait une femme-objet, alors j'allais leur montrer que j'étais l'objet le plus désirable de la pièce. Je me délecterais de leurs regards. Ils me donneraient du pouvoir. Je me nourrirais d'eux comme je l'ai toujours fait.

Alors j'ai bombé le torse face à la beauté aux cheveux

noirs. Sa main imbibée d'argent s'est posée sur ma poitrine. Elle n'a pas hésité à faire pénétrer la peinture dans ma peau, en frottant son pouce sur mon aréole et mon mamelon froncé.

J'ai haleté à cause de la fraîcheur de la peinture et parce que je savais qu'Emmett guettait chacune de mes réactions.

La chance sourit aux audacieux, non ? J'ai plongé ma main dans son pot, frissonnant lorsqu'elle est entrée au contact de la peinture. Je l'ai ressortie trempée et l'ai tendue vers la femme. J'ai glissé les doigts le long de son sternum, laissant une traînée d'argent dans mon sillage. Puis j'ai enroulé ma main autour de sa gorge et j'ai tiré sa tête vers le bas jusqu'à ce que ses lèvres soient à quelques centimètres des miennes.

Audacieusement, j'ai glissé mon regard vers l'endroit où Emmett se tenait, un verre de brandy à la main, me regardant comme je savais qu'il le ferait. Je lui ai souri en dardant ma langue et en entrouvrant les lèvres de la fille, puis en l'embrassant. J'ai bien remarqué la façon dont il a réajusté son froc et avalé une rasade d'alcool.

Ma nouvelle amie était visiblement heureuse de jouer avec moi. Elle a repris de la peinture et a laissé une empreinte argentée sur mes fesses en poussant mon corps vers le sien. Elle était toute en douceur et en courbes sous mes paumes.

Les murmures des hommes dans la pièce nous ont indiqué qu'ils aimaient le spectacle que nous leur offrions. Je me suis brusquement éloigné de la femme. J'ai plongé les mains dans la peinture et j'ai empoigné sa poitrine dodue, puis tracé le contour de son nombril. Emmett a dit qu'il voulait qu'on surpasse tous les autres couples avant nous. Donc je devais faire un show. Et sachant que ses yeux étaient sur moi, je ne pouvais pas nier que la scène m'excitait.

Après un autre plongeon dans le pot, j'ai passé la main

entre ses cuisses et les ai ouvertes, en les écartant au maximum. De la peinture argentée dégoulinait à l'intérieur de ses jambes.

En réponse, elle m'a saisi les fesses, les a calées dans sa paume, et m'a donné une claque humide de sa main d'argent. Puis elle s'est amusée à me badigeonner le dos et la raie des fesses.

Les sifflets et huées en provenance des spectateurs se sont intensifiés jusqu'à ce que les cannes se mettent à tambouriner le sol.

J'ai levé les yeux et regardé autour de moi. Les autres femmes étaient couvertes de peinture, tout comme moi et ma compagne, et les hommes étaient clairement en train de disjoncter, tellement ils étaient impatients de nous toucher et de participer à la débauche. Certains avaient déjà sorti leur bite, les astiquant en guise de préparation.

C'est alors que je me suis souvenu que Montgomery, Beau et Rafe avaient assisté à mon petit numéro. Heureusement, en balayant la pièce du regard, je ne les ai pas vus. En revanche, j'ai surpris le regard d'autres hommes qui me mataient lubriquement en martelant le sol.

Ce n'est qu'une fois que les cannes se sont arrêtées et que l'Ancien qui avait parlé plus tôt s'est dirigé vers le centre que je me suis retournée vers Emmett et que j'ai croisé son regard... Il avait l'air énervé.

J'ai baissé les yeux, sentant mes joues chauffer alors que je me rappelais un peu tard l'ordre qu'il m'avait sifflé à la hâte avant que l'orgie ne commence. Je n'étais pas censée regarder quelqu'un d'autre que lui. Merde.

Il ne pouvait pas être sérieux. Je ne pouvais pas contrôler où mes yeux se posaient ! En réalité, ça m'était juste sorti de la tête. Mais bon sang, ce mec croyait-il sérieusement pouvoir contrôler le mouvement de mes yeux ? Il élevait la domination à un tout autre niveau. Tellement de choses se passaient dans la salle ; personne ne pouvait me reprocher d'être curieuse.

J'ai raté l'instruction de l'Ancien après que les cannes ont cessé de marteler le sol. Merde. En revanche, j'ai bien saisi ce que j'étais censée faire quand Emmett s'est approché de moi, sifflant un ordre entre ses dents :

– À genoux.

Toutes les filles s'agenouillaient, tandis que des hommes s'avançaient vers elles et choisissaient leur proie parmi les femmes peintes en argent. Je me suis précipitée à genoux alors qu'Emmett sortait son énorme queue palpitante et la présentait devant mon visage. Il ne devait pas être trop en colère contre moi s'il était aussi excité, non ? Haha, je connaissais un moyen infaillible d'apaiser sa colère, de toute façon.

J'ai attrapé ses couilles avec ma main droite. La peinture presque sèche a laissé une poussière d'argent sur sa bourse lourde. J'ai tripoté ses bijoux de famille tout en inclinant la tête vers son gland, le lapant du bout de ma langue.

Le frisson qui a traversé son corps à mon contact était gratifiant à mort. Il essayait de se comporter en mec qui se contrôle, mais un coup de langue suffisait à l'amener au bord de la giclée. Sa queue palpitait dans ma bouche.

Je me souvenais à peine de lui au lycée à vrai dire — ça faisait probablement salope de l'admettre, mais je n'avais jamais prétendu être une sainte à l'époque... ou maintenant. J'ai effleuré la longueur de son chibre des dents avant de refermer mes lèvres autour de son gland et le pomper avec application. J'ai levé les yeux vers lui et j'ai clairement vu la contraction de sa mâchoire.

Peu importe le gars qu'il était au lycée, c'était un homme aujourd'hui. Mais quand il me regardait ainsi, la bouche tellement pleine de sa bite que j'en avais les larmes aux yeux, que voyait-il ? La plus belle fille de l'école qui avait gagné l'élection de Miss Comté de Darlington deux fois, en première et en terminale ? Voyait-il la sirène d'il y a quelques instants, une autre jolie blonde couverte de peinture argentée ? Ou bien une femme à dominer, et quiconque se pliant à ses jeux pervers ferait l'affaire ?

J'ai serré ses couilles, et sa main droite m'a empoigné les cheveux, tandis que sa main gauche me tirait le poignet pour l'éloigner de ses bourses. Puis il a imprimé le rythme auquel je devais aller et venir sur sa bite, les mains des deux côtés de ma tête.

— Tu vas prendre ce que je te donne et ça va te faire mouiller, a-t-il dit.

J'ai cligné des yeux, incertaine de la tournure des événements. Quand je faisais une pipe à un homme, c'est toujours moi qui contrôlais la situation. Mais une fois de plus, Emmett a renversé les rôles.

— Touche-toi, mais interdiction de jouir, a-t-il dit en réintroduisant sa bite dans ma bouche. Et regarde-moi.

J'ai cligné et hoché la tête, la bouche pleine de sa chair épaisse. J'ai glissé une main entre mes cuisses.

— Enfonce deux doigts dans ta chatte, a-t-il ordonné en me prenant la bouche sans ménagement.

J'ai obéi. J'étais mouillée, ce qui m'a surprise. Personne ne m'avait jamais parlé aussi crûment. Et pourtant, plus il me disait des mots sales et utilisait mon corps comme un objet de plaisir, plus je mouillais.

— Doigte-toi à fond pendant que je te baise le visage, a-t-il haleté, sa bite monstrueusement grosse dans ma bouche, au point que j'en avais des haut-le-cœur. Et n'arrête pas de me sucer, a-t-il ajouté. Je veux sentir cette putain de bouche m'aspirer.

J'ai opiné, essayant d'obéir à ses ordres, mais c'était éreintant. Je le pompais aussi fort que je pouvais quand sa bite était dans ma bouche, mais il était intraitable. J'avais à peine le temps d'aspirer une goulée d'air qu'il me forçait à l'engloutir à nouveau. Et en même temps, je devais me doigter et refouler mon plaisir croissant. Autour de nous, les cannes continuaient de tambouriner, au milieu des grognements et des cris de plaisir des hommes.

Mais il m'était impossible de regarder quelqu'un d'autre qu'Emmett au-delà de son torse et de ses yeux qui me fixaient.

– Je vais jouir. Ne perds pas une seule goutte. Et n'arrête pas de te doigter.

Il a ralenti ses coups de bélier frénétiques alors qu'il s'enfonçait une dernière fois, et je l'ai sucé plus fort que jamais, tourbillonnant tout autour de sa bite jusqu'à ce que le sel de son sperme inonde ma langue et le fond de ma gorge.

J'ai avalé religieusement, et quand une goutte a glissé hors de ma bouche, je l'ai léchée frénétiquement, tout comme celles qui glissaient sur les côtés de sa queue. En réalité, je ne pouvais pas m'en empêcher.

Puis j'ai joui, putain. Un orgasme rapide, brutal, puissant.

Je lui léchais les couilles, et je me suis figée un instant alors que mon corps était secoué de spasmes. J'ai expiré et continué de le nettoyer à coups de langue, en espérant qu'il n'avait pas remarqué.

Mais quand j'ai levé les yeux et vu le feu furieux dans ses yeux, j'ai su qu'il l'avait vu.

– Dans la piaule, a-t-il ordonné entre ses dents. Tout de suite.

Oh, merde.

J'ai regardé autour de moi. On avait réussi l'épreuve. Je m'en étais bien sortie. Ça devrait sûrement l'apaiser. Je me suis levée, un peu déséquilibrée par mes talons vertigineux, mais Emmett ne m'a même pas tendu le bras. Alors je me suis stabilisée, j'ai levé la tête et j'ai quitté la pièce avec la dignité du sang des Carmichael qui coulait dans mes veines.

CHAPITRE 5
EMMETT

– TU SAIS qu'une punition t'attend, n'est-ce pas ? ai-je demandé, en contenant tant bien que mal le grognement primal qui menaçait de s'échapper du fond de ma gorge.

Bellamy a ouvert la bouche, mais l'a vite refermée. Puis elle s'est contentée de hocher la tête en guise de réponse.

– Je t'ai donné des instructions claires deux fois. Et deux fois, tu les as ignorées.

J'ai levé son menton pour la forcer à me regarder dans les yeux.

Elle a hoché la tête une fois de plus, mais sa mâchoire crispée indiquait qu'elle résistait à l'envie de riposter. Au moins, elle était assez futée pour se taire. Mais très bientôt, elle ne pourrait pas rester silencieuse même si elle le voulait.

– Tu vas apprendre aujourd'hui que quand je donne un ordre, je m'attends à ce qu'il soit exécuté.

Ses yeux se sont étrécis et le coin de sa bouche a tressauté, mais elle ne m'a pas envoyé promener comme elle aurait sans aucun doute voulu le faire.

– Tu es à moi, Bellamy. Et tant et aussi longtemps que tu vivras au manoir des Oléandres, tu seras à moi — à moi seul.

Ton comportement doit le refléter. Je t'ai vue regarder d'autres hommes...

— Pas de façon sexuelle, m'a-t-elle coupé. C'est injuste. Je n'ai rien fait de mal. Pas véritablement.

— Quand même, tu as regardé un autre homme. *D'autres* hommes, ai-je répliqué en l'attirant dans la pièce et fermant la porte derrière nous. Je t'ai aussi dit de ne pas jouir.

Je l'ai prise par le bras et je l'ai entraînée vers le lit.

— Je ne peux pas contrôler mon corps simplement parce que tu me le *dis*. Ce n'est pas comme si je pouvais jouir ou m'empêcher de jouir sur commande, s'est-elle énervée. On n'est pas dans un film porno où le mec dit à la femme de jouir, et elle le fait sur-le-champ — ou dans mon cas, s'empêche de le faire. C'est injuste !

— Tu vas apprendre, ai-je dit avec un sourire diabolique.

Oh oui, elle allait apprendre.

Je lui ai écarté les jambes en deux coups de pied, puis je lui ai giflé la chatte, lui donnant un petit aperçu de ce que je lui réservais.

Un minuscule aperçu.

J'ai pris ses seins en coupe, lui arrachant un geignement.

— Et tu vas apprendre à me supplier après que je t'ai donné la fessée. Tu vas me supplier de fourrer ma bite en toi, et tu vas hurler mon nom, ai-je déclaré sensuellement, ma voix rauque et autoritaire.

Bellamy tremblait, son corps secoué de frissons, sans aucun doute à l'idée de ce qu'elle s'apprêtait à subir.

Elle a perdu malgré elle le contrôle d'elle-même et lâché un gémissement quand j'ai plongé deux doigts épais dans sa chatte affamée. J'ai passé le pouce sur son clito et fléchi les doigts en elle, l'amenant près de l'orgasme. Elle arcboutait le bassin contre ma main encore et encore.

— T'es tellement mouillée pour moi. L'idée de recevoir

une punition t'allume, hein ? Ça me donne l'impression que tu as délibérément mal agi. Peut-être que tu veux que je te donne la fessée ? Peut-être que tu veux que je punisse ton petit trou du cul ? Peut-être que c'était ton plan depuis le début ?

Elle a secoué la tête, mais sa respiration s'est accélérée, et j'ai senti les parois de sa chatte se resserrer autour de mes doigts. Ne voulant pas lui donner la libération qu'elle attendait désespérément, j'ai retiré les doigts aussi abruptement que je les avais fourrés en elle.

J'ai marché jusqu'à la table de chevet et j'en ai sorti une boîte noire que j'avais fait livrer ici, justement pour cette occasion. Je l'ai posée sur le lit, puis j'ai ôté ma ceinture et je l'ai posée à côté avant de m'asseoir sur le matelas. Je voyais du coin de l'œil Bellamy qui observait mes moindres mouvements.

– Viens là, ai-je dit en tapant ma cuisse pour rendre mes attentes très claires. Couche-toi sur mes genoux.

Elle a écarquillé les yeux et ouvert la bouche pour protester, mais elle a dû voir l'autorité dans mon regard, parce que dès qu'elle l'a croisé, elle s'est empressée d'approcher et de poser son ventre nu sur mes cuisses.

Elle a étouffé un petit cri quand je lui ai écarté les cuisses, plaçant son cul dans la position parfaite.

Puis elle m'a regardé par-dessus l'épaule, et j'ai vu un mélange d'incertitude et d'excitation dans ses yeux. Je devinais que mademoiselle Bellamy ne s'était jamais retrouvée dans ce genre de situation de sa vie, et qu'elle ne connaissait pas la suite des événements.

J'ai passé la paume de ses cuisses à ses fesses.

– Je vais torgnoler ton petit cul.

Bellamy s'est tendue, mais elle n'a pas remué ni lutté contre mes caresses. Je m'attendais à une résistance de sa part, mais j'étais content qu'elle ne se débatte pas. Il y avait une femme soumise cachée derrière toute cette effronterie ; j'allais peut-être abattre ses remparts en moins de temps que je le croyais. Remarque, sa docilité pouvait aussi venir du fait qu'elle ignorait ce que je lui réservais réellement.

La naïveté domptait la bête.

Et sa curiosité naturelle l'aidait à se tenir tranquille, et à me laisser la dominer — ce que j'étais plus que prêt à faire.

Je lui ai écartelé les jambes, révélant sa chatte à ma vue. Ma belle me laissait lui faire tout ce qui me chantait en bronchant à peine.

Pour l'instant.

La douleur sur son postérieur et l'humiliation de la fessée n'étaient pas encore arrivées, mais je doute que Bellamy soit aussi docile devant ma punition lorsque je la lui infligerais.

J'ai sensuellement fait glisser mes doigts le long du galbe de ses fesses jusqu'à son ouverture plissée.

— Je ne vais pas seulement te donner la fessée ; je vais aussi punir ce trou.

Mon doigt s'est mis à lui frictionner l'anus en petits cercles.

Bellamy a étouffé un autre petit cri, qui s'était sans doute coincé dans sa gorge à la nouvelle que je lui avais annoncée.

J'ai retiré ma main pour prendre la boîte noire. Bellamy regardait droit devant elle, les poings serrés.

L'instant d'après, j'ai appliqué du lubrifiant que j'avais sorti de la boîte sur le trou plissé que je mourais d'envie de conquérir. J'ai continué de le frictionner et de le titiller en y insérant une première phalange.

Bellamy a relevé la tête et m'a regardé par-dessus l'épaule, en dégageant les mèches blondes de son visage pour voir ce que je fabriquais.

– Qu'est-ce que c'est ? a-t-elle demandé en me voyant sortir autre chose de la boîte.

Je n'ai pas pu empêcher un sourire malicieux de me retrousser les lèvres.

– Ça s'appelle un plug anal. Il va élargir ton trou du cul pour le préparer à ma queue.

J'ai posé la main entre ses omoplates et je l'ai repoussée vers le bas, la pliant en deux sur mes genoux. La seule chose qu'elle pouvait voir était le plancher de bois sous elle. Elle en avait assez vu comme ça. Elle savait maintenant exactement ce qui s'apprêtait à étirer son délicat petit trou — et jusqu'à quel point, ayant vu la grosseur du plug.

Elle a tressauté au contact du plug métallique sur sa peau.

– Je n'ai jamais rien eu là-dedans... Mon cul a toujours été une zone interdite.

– Rien ne m'est interdit. Tu aurais dû le mettre sur la liste quand on a signé le contrat, et comme tu ne l'as pas fait... ton trou est tout à moi, et je peux en faire ce que bon me semble.

J'ai écarté ses fesses et j'ai pressé le plug dans sa rondelle serrée. Elle a remué de plus belle en lâchant un cri alors que je brisais lentement la barrière.

– Tiens-toi tranquille, ai-je ordonné.

Elle a geint à la morsure douloureuse de l'intrusion.

– Relaxe-toi, ai-je insisté en continuant d'enfoncer le plug, réclamant l'accès à son cul. Je veux que tu fermes les yeux et que tu te concentres sur les sensations.

Elle a secoué la tête en essayant de se libérer, mais je l'ai retenue en place plus fermement.

– C'est trop gros. Ça ne va jamais rentrer. Ça fait mal !

– Les punitions font mal, ai-je répliqué, pressant toujours. Concentre-toi sur le châtiment et sache que c'est ce qui va arriver chaque fois que tu désobéiras à mes ordres.

Bellamy s'est mise à agiter les bras jusqu'à ce qu'elle

trouve mes mollets et s'y accroche. Son souffle tressautait dans sa gorge à chaque centimètre pénétré par le plug, qui frayait son chemin dans les chairs de ma soumise.

– Oh mon Dieu, a-t-elle geint.

Le plug était presque inséré jusqu'au bout, étirant son trou jusqu'à ses limites. Son anus continuait de prendre de l'expansion, et sa chatte mouillait visiblement de désir. Son sphincter contracté a fini par accommoder la partie la plus épaisse du plug.

Bellamy a secoué la tête de nouveau, parlant d'une voix cassée.

– Emmett, je ne peux pas. Ça fait mal.

– Prends de grandes respirations et relaxe-toi. Tu peux y arriver.

Lui arrachant un autre cri, j'ai donné l'ultime poussée, et son trou du cul s'est refermé autour de la tige beaucoup plus étroite rattachée à la base du plug, qui le retenait en place.

Je me suis penché et j'ai posé des baisers tendres dans le bas de son dos, puis sur chacune de ses fesses. Ma main s'est glissée sous elle et j'ai trouvé son clito, que j'ai pincé. Elle a pressé le bassin contre mes doigts, me suppliant en silence de lui accorder la douce récompense pour sa soumission.

J'ai continué de frictionner et de caresser sa praline tandis qu'elle s'habituait à l'épaisseur du plug qui lui étirait le canal.

– Bon, ta punition va bientôt commencer, ai-je dit.

– Quoi ? Le plug n'est pas la punition ? J'ai compris. J'ai appris ma leçon. J'ai clairement reçu le message.

Je n'ai pas pu m'empêcher de pouffer.

– C'est juste un avant-goût.

J'ai appuyé sur son dos quand elle a essayé de se débattre.

– Quand j'en aurai fini avec toi, tu ne vas plus jamais ne serait-ce qu'envisager de me désobéir quand je te demande de ne pas jouir. Ton corps comme ton esprit va apprendre à obéir.

J'ai tapoté la base du plug pour donner du poids à mes mots, et elle a lâché un petit gémissement.

J'ai ajusté son corps avec mon genou pour retrousser son cul et le mettre en valeur. Avant que Bellamy puisse réagir, je lui ai vivement claqué les fesses une fois, deux fois, puis trois fois.

Elle a désespérément essayé de se libérer de mon emprise.

— Emmett, s'il te plaît ! Je suis désolée ! On n'est pas obligés de faire ça.

J'ai continué ma fessée, chaque mandale plus puissante que la précédente.

— Qui est le chef, Bellamy ? ai-je demandé en ponctuant mes mots de gifles.

— Toi !

— J'exige qu'on respecte mes règles. J'exige la perfection. Tu le savais avant de conclure notre accord, n'est-ce pas ?

— Oui, je le savais, a-t-elle grogné alors que je torgnolais son petit cul ferme. Je sais ce que tu exiges. Oui !

— Tu vas apprendre à me laisser le contrôle total.

Interrompant la fessée, j'ai pris la ceinture à côté de moi.

J'ai plié la sangle de cuir, sachant que j'irais mollo avec Bellamy, que je ne la fouetterais pas trop fort la première fois. Surtout dans cet angle, car je ne pouvais pas prendre d'élan comme je pourrais le faire si elle était couchée sur le lit. Mais bien sûr, elle ne saurait pas que cette première fessée à la ceinture était douce.

J'ai abattu le cuir sur sa chair rosie, et elle a hurlé.

— Emmett ! Arrête ! J'ai dit que j'étais désolée.

— De quoi es-tu désolée ? ai-je demandé en abattant la ceinture sur ses fesses de nouveau.

Bellamy a lâché un autre cri, et bien que les choses se

corsent, elle semblait fondre sur mon corps. Elle ne se débattait plus, ne luttait plus contre la punition. Son corps s'était soumis, et je savais qu'elle ne me disait pas seulement ce que je voulais entendre pour éviter de souffrir davantage.

– Désolée de ne pas avoir pris tes règles et tes ordres au sérieux. Je vais le faire dorénavant, monsieur.

Je lui ai donné un dernier coup de ceinture avant de décider de lui accorder la miséricorde, puisqu'elle m'avait appelé comme je voulais qu'elle le fasse sans que j'aie à le lui demander. Ma soumise apprenait vite.

Dès que j'ai arrêté de la frapper, je l'ai soulevée dans mes bras et je l'ai couchée sur le dos sur le matelas. Elle a tout de suite écarté les jambes pour m'accueillir. Pour me dire de la prendre. De la revendiquer comme mienne. Sa chatte reluisait de cyprine, et l'odeur de son excitation flottait dans l'air.

– Baise-moi, Emmett, a-t-elle ronronné. J'ai envie de toi.

Je me suis penché sur elle, si près que mes lèvres pourraient la toucher, mais elles ne l'ont pas fait.

– Je t'avais dit que tu me supplierais de te donner ma queue après la fessée. Supplie-moi.

– S'il te plaît, Emmett. S'il te plaît. Je veux ta queue, a-t-elle imploré comme la sage fille qu'elle était maintenant.

J'ai dû puiser la dernière once de maîtrise de moi qu'il me restait dans le corps pour me redresser. Puis j'ai pris une grande inspiration avant de parler.

– Pas de sexe après une punition. Les vilaines filles ne méritent pas de jouir.

Elle s'est redressée d'un coup, les yeux ronds.

– Quoi ? Tu plaisantes, j'espère ? a-t-elle dit en remuant légèrement. Et... et le plug ?

J'ai souri en coin en remettant ma ceinture.

– Je ne plaisante pas du tout. Et tu vas porter le plug jusqu'à ce qu'on se mette au lit.

– Emmett !

Je lui ai lancé un avertissement du regard.

– À ta place, je serais prudente en ce moment et je ne me provoquerais pas. Je peux reprendre la fessée si t'as toujours la niaque. Tu veux goûter à ma ceinture encore une fois, en plus du plug qui va rester dans ton cul ?

Toute la combativité qui l'avait animée quand je lui ai dit qu'il n'y aurait pas de sexe s'est dissipée alors qu'elle prenait une grande respiration.

– Non, monsieur. Ce ne sera pas nécessaire.

Je me suis retourné pour cacher le sourire que je ne pouvais plus contenir. Je voulais rester dominateur encore un peu, même si ma queue mourait d'envie d'être enfouie en elle. Je voulais embrasser Bellamy, la féliciter de s'être soumise à une véritable punition, mais ce n'était pas le moment. Elle avait besoin de mon autorité maintenant. Et je devais rester concentré sur mon objectif et sur ce que j'avais accompli ce soir. Ma petite belliqueuse avait été domptée... pour l'instant.

MON CUL A ÉTÉ ENDOLORI TOUT le lendemain, et je savais déjà qu'il le serait aussi le surlendemain. Je me suis efforcée d'ignorer Emmett pendant la majeure partie de la journée. J'ai fait la grasse matinée aussi longtemps que Son Altesse me l'a permis, puis ça a été une série de « oui, monsieur » par-ci et de « oui, monsieur » par-là jusqu'à ce que j'aie envie de lui arracher le visage avec mes ongles, sauf que j'avais passé une heure en après-midi à faire ma manucure, et ça aurait été dommage de la détruire pour ça.

Puis il s'est mis à carrément m'ignorer sous prétexte qu'il devait bosser. Cinq heures plus tard, en fin d'après-midi, il a enfin refermé le capot de son laptop, annonçant qu'il avait besoin d'air frais, et j'ai pratiquement bondi du lit. Il n'avait même pas interrompu son travail pour manger le repas que Mme H. nous avait apporté. J'avais l'impression que j'allais péter un plomb si je passais une minute de plus cloîtrée dans cette chambre.

J'ignore si Emmett avait senti mon agitation ou s'il avait réellement envie de faire une marche, mais ça m'était égal. Je n'avais même pas envisagé que le plus difficile dans cette épreuve serait le fait d'être cloîtrée pendant trois mois. Le problème n'était même pas le confinement ; c'était le silence. Emmett exigeait le silence total pendant qu'il travaillait.

Quand j'étais à la maison, maman allumait toujours la télé en bruit de fond, tandis que je regardais habituellement des vidéos YouTube ou TikTok sur mon portable, en plus d'écouter de la musique la plupart du temps.

Je *détestais* le silence. Ça me rendait complètement folle.

Le paradis pour moi était un club de musique techno avec des basses tellement puissantes qu'on ne s'entendait même pas penser. Penser était surfait. J'étais prête à tout pour sortir de ma tête parfois.

J'avais déjà enfilé mes chaussures quand Emmett s'est retourné.

– Prête, ai-je dit enjouée.

Il a levé un sourcil, mais n'a rien dit. Il s'est contenté de se diriger vers la commode et d'en sortir une paire de chaussettes. J'ai essayé de ne pas le mater alors qu'il les enfilait soigneusement. Je trouvais con que même ses pieds soient sexy. Alors j'ai regardé par la fenêtre. On était en octobre, et les feuilles rutilaient.

Je me suis levée pour aller l'attendre impatiemment à côté de la porte.

– On devrait peut-être rester ici, question d'apprendre la patience à ma petite soumise.

Je l'ai regardé par-dessus l'épaule, la bouche ouverte. Mais il a penché la tête.

– Remarque, tu as bien pris ta punition hier soir.

J'ai fermé la bouche, serrant les dents pour m'empêcher de l'engueuler et de potentiellement m'attirer une autre punition, comme être privée de sortie. Il avait au moins eu raison sur une chose : on m'avait rarement dit non dans ma vie avant maintenant. Du moins, pas de façon aussi directe.

Quoi qu'il en soit, je me suis tenue tranquille tandis qu'il enfilait ses pompes et qu'il me menait en dehors de la chambre, puis dans le couloir et jusqu'à l'escalier. C'était étrange de traverser le manoir alors qu'il était si tranquille. La seule autre fois où j'étais sortie, hormis lors des épreuves, était pour le petit déjeuner, et nous étions seulement allés dans une salle à manger au deuxième étage.

Mais je ne me donnais pas vraiment la peine d'observer les lieux. L'air ici était vicié, et je voulais juste *sortir*. D'ailleurs, j'avais vu mon lot de vieilles maisons et d'antiquités. J'ignore pourquoi les gens raffolaient autant des endroits du genre.

J'ai toujours rêvé de partir d'ici et de voir du neuf. Des nouveaux endroits, des nouveaux visages. Là où personne ne connaissait votre histoire ou se souciait de qui était votre grand-père.

Enfin, nous avons franchi la large porte double et avons débouché dans l'air frais de l'automne. Je me suis arrêtée un instant sur le parvis pendant qu'Emmett refermait les portes et j'ai inspiré profondément.

Mon Dieu, c'était bon. Je me suis dépêchée à descendre les marches jusqu'au gravier. Emmett marchait à côté de moi, mais il semblait surpris de me voir filer aussi rapidement.

Il me prendrait sûrement pour une folle si je me mettais à courir. Mais l'air frais contre ma peau faisait tellement de bien, putain. Je portais un legging et un débardeur, mais la chaleur étouffante de la Géorgie se prolongeait parfois jusqu'à la mi-novembre, y compris cette année.

– T'as un rendez-vous quelque part ? a demandé Emmett, qui suivait toujours mon rythme avec ses longues jambes.

Je ne courais pas, mais je voulais m'éloigner le plus vite possible du lugubre manoir des Oléandres.

Nous avons traversé la cour jusqu'au champ derrière. J'ai

aperçu un lac au loin, sa surface scintillant à la lumière du soleil.

J'ai haussé les épaules sans ralentir le pas.

— Ça fait du bien d'être dehors, c'est tout. Je n'aime pas être coincée quelque part trop longtemps.

Il a ri.

— J'espère que tu réalises que ça fait partie des épreuves. C'est psychologique autant que physique. À quoi tu t'attendais en t'inscrivant ?

Je lui ai jeté un coup d'œil, puis j'ai regardé devant moi de nouveau. Je n'étais pas prête à aborder le sujet avec lui maintenant et je ne le serais peut-être jamais. La raison de ma présence ici m'appartenait. J'avais encore ma fierté.

— Bellamy, a-t-il dit d'une voix sèche et autoritaire. Arrête-toi.

J'ai obéi, en soupirant d'agacement. Et j'étais autant irritée de devoir m'arrêter que d'entendre son ton de voix de... eh bien, son ton de *dominant*. C'était la seule façon de le décrire.

J'étais aussi irritée à la façon dont mon sexe s'est resserré en l'entendant.

— Quoi ?

J'ai croisé les bras sur ma poitrine. Il a baissé les yeux un instant, remarquant mon geste. J'ai baissé les bras, frustrée qu'il remarque chaque détail.

— Je ne te demanderai pas tout en même temps, dit-il. Mais tu *vas* me donner ce que je te demande.

J'ai levé le menton.

— Je t'ai seulement promis de te donner mon corps.

Il a souri, et j'ai eu envie de le gifler.

— C'est là que tu te trompes. Maintenant, marchons tranquillement autour du lac et non comme si on avait le feu au cul, et tu pourras me dire pourquoi tu vis encore à Darlington. Quand on était en terminale, tu étais mannequin et tu rêvais d'être une influenceuse Instagram. J'ai toujours cru que tu sauterais la fac pour aller t'étaler à Ibiza ou un endroit du genre.

L'entendre parler du passé m'a piquée au vif. En même temps, on aurait dit qu'il parlait d'un univers complètement différent. D'une personne complètement différente.

Mon Dieu, ça avait vraiment été mes rêves ?

J'ai haussé les épaules en me remettant en marche. En arrivant au lac, nous avons ralenti le pas davantage, marchant autour du périmètre, mais je ressentais encore cette agitation qui me donnait envie de prendre mes jambes à mon cou.

— Bellamy ? a-t-il insisté.

Évidemment qu'il insistait. Emmett était comme une écharde qu'on ne peut pas ignorer.

— Qu'est-ce qui s'est passé ?

— Je ne sais pas, ai-je répondu avec un revers de main. La vie ?

— Bellamy.

Son ton en disait long. Il ne démordrait pas jusqu'à ce que je lui aie donné un peu plus d'information.

— Très bien, ai-je soufflé en le fusillant du regard, mais m'assurant de ne pas rouler les yeux. Papa est mort, d'accord ? Papa est mort à la fin de ma dernière année de lycée et... (*Le château de cartes s'est effondré.*) Et ça a craint.

Emmett a hoché la tête en fronçant les sourcils.

— Je me rappelle en avoir entendu parler. Mon père est allé aux funérailles.

J'ai haussé les épaules.

— Eh bien, ils étaient dans l'Ordre ensemble.

Il a braqué la tête vers moi.

— Tu savais que ton père était dans l'Ordre ?

— Maman me l'a dit après sa mort.

J'avais appris beaucoup de choses sur mon père après sa

mort. Je ne l'avais jamais vraiment connu de son vivant. Il était une sorte de présence absente dans nos vies. Toujours en déplacement pour « les affaires. » Ha.

– Il te manque ?

– Non.

Je ne me suis pas donné la peine de mentir ou de teinter ma voix d'une touche d'émotion que je ne ressentais même pas.

Je percevais la moue d'Emmett sans même le regarder. Je me suis contentée d'admirer le lac et d'inspirer l'air frais de la brise, qui faisait clapoter les vagues sur la rive rocheuse.

– Ta mère sait que t'es ici ? a-t-il demandé ensuite. Tu n'es pas censée épouser un banquier plein aux as à Atlanta ou un truc du genre ?

C'est tout juste si je me suis retenue de pouffer. Oh, si seulement il savait. C'était *l'idée* de maman chérie. Elle s'accrochait encore à ces conneries de sang bleu. Ce qui était ironique, car Emmett était un parvenu. Mais s'il était assez bien pour l'Ordre, il était assez bien pour elle.

Son père en avait fait partie aussi, et elle croyait que si j'arrivais à dégoter un mari digne de l'Ordre du fantôme d'argent, tout rentrerait... eh bien, dans l'ordre. Le cauchemar qu'avaient été les dix dernières années pourrait tout simplement disparaître. *Pouf !*

Car maman pensait qu'à la fin de ce calvaire, Emmett tomberait amoureux de moi et me demanderait en mariage, comme les derniers Initiés l'avaient fait avec leur reine du bal.

Ha. *Ha-ha-ha.* Je pourrais en mourir de rire.

Mais elle a toujours été facile à duper.

Après tout, elle avait cru aux conneries de papa pendant des années.

J'ai regardé Emmett dans les yeux et je lui ai dit la vérité.

L'entente qu'on avait signée stipulait que je ne pouvais pas lui mentir.

– Elle sait que je suis ici.

Il a sourcillé. Je l'avais surpris. Il l'ignorait, mais j'étais pleine de surprises.

J'ai décidé de renverser les rôles, car j'en avais marre des questions.

– Qu'est-ce que *tu* fais ici ? ai-je demandé en secouant la tête. J'ai toujours cru que tu étais différent des autres.

Sa mâchoire s'est crispée.

– Pourquoi ? Parce que je ne suis pas aussi bien qu'eux ? Parce que le *papa* de mon papa n'était pas dans l'Ordre ?

J'étais à deux doigts de rouler les yeux, mais je me suis retenue juste à temps. J'ai secoué la tête.

– Non, ai-je dit sèchement. Parce que tu as toujours été le gentil garçon qui n'était pas un connard prétentieux. Et tu l'es encore. Tout le monde sait que tu donnes à des organismes de bienfaisance au lieu de t'acheter des Bentley ou des jets privés. Tu n'as pas besoin de l'Ordre comme les autres. Tu es plus riche que Dieu.

– Oh, a-t-il grommelé, les sourcils froncés comme s'il cherchait toujours un piège dans mes mots. Eh ben, de mon point de vue, je suis ici parce qu'on est tous sur un pied d'égalité. Si tout le monde est riche, personne n'essaie de profiter de moi ou de m'utiliser. On a tous du pouvoir et du pognon ; je suis entouré de mes égaux. Si je suis admis, c'est que je le mérite.

Le croyait-il réellement ? Ne savait-il pas que tous les jeux étaient truqués ? Les Anciens avaient pu se permettre de renvoyer Sully, mais Emmett ? Avec tout le fric et toute l'influence qu'il pouvait leur apporter... croyait-il vraiment que les Anciens seraient aussi idiots ? Bien sûr, ils voulaient pouvoir le manipuler... mais c'était une autre histoire. Or peut-être qu'ils nous feraient franchir encore plus d'obstacles dans ces foutues épreuves après tout.

Les hommes ivres de pouvoir ne pouvaient pas concevoir l'idée de le perdre. Mon père ne l'avait certainement pas fait, et regardez là où j'en étais.

Mais si Emmett n'aimait pas l'idée que des gens essaient de profiter de lui, il ne pouvait jamais, au grand jamais découvrir pourquoi ma mère m'avait envoyée ici. Il détesterait l'idée d'avoir été manipulé pour un mariage. Pas que ça aurait un jour de l'importance, mais quand même.

— Et les belles ? ai-je demandé hypothétiquement. Est-ce que tu les respectes moins parce qu'elles sont là pour profiter d'hommes riches ?

Il m'a regardée dans les yeux.

— Elles sont honnêtes, alors je les respecte. Personne ne ment à personne ici. Et la différence est que... (Il a souri en coin.) Ce n'est pas mon argent qu'elles vont obtenir. C'est celui de l'Ordre. Ce qui me ramène à ma question originale. Qu'est-ce que *tu* fais ici, Bellamy Carmichael ? Tu as le sang plus bleu que quiconque dans le comté de Darlington.

Je me suis contentée de lui sourire en marchant à reculons vers la maison, osant même lui faire un petit clin d'œil.

— Une femme doit bien avoir ses secrets. On fait une course jusqu'au manoir ?

Puis j'ai détalé avant qu'il puisse me répondre.

CHAPITRE 7

EMMETT

JE ME RAPPELAIS AVOIR RÊVÉ d'inviter Bellamy Carmichael au bal de fin d'année. J'imaginais comme elle serait belle à mon bras, nos tenues assorties, nos boutonnières, et l'enthousiasme de la jeunesse. Nous aurions fait un si beau couple... mais seulement dans mon fantasme.

Car les filles comme Bellamy Carmichael n'allaient pas au bal de promo avec des garçons comme moi.

Mais maintenant que j'avais la plus belle fille du comté de Darlington à mon bras et que je l'escortais à la fête de la veille de la Toussaint des Oléandres, je pouvais rectifier l'histoire d'une manière très noire, très perverse et très jouissive.

Seulement, ce soir, nous ne serions pas un « beau couple ». Des partenaires chauds comme la braise dans un jeu tordu de richesse et de pouvoir, oui. Mais pas *beaux*.

Elle portait une minirobe en satin noir qui s'arrêtait en haut des cuisses. La robe était si courte que si Bellamy se penchait en avant, on verrait sans aucun doute apparaître les globes de ses jolies fesses. Ses longs cheveux blonds tombaient en cascade dans son dos. Elle voulait les relever lorsqu'elle s'est habillée, mais je lui ai ordonné de les garder détachés.

J'avais besoin d'une crinière à saisir ce soir. Les escarpins Jimmy Choo noirs aux talons de quinze centimètres mettaient en valeur ses jambes musclées, et je n'avais jamais eu autant envie de lécher une jambe de ma vie. Je voulais que ma langue glisse sur chaque centimètre de ses mollets, de ses genoux, de l'intérieur des cuisses...

J'ai perçu son énergie et son excitation lorsqu'elle a reçu la robe noire qu'elle devait porter. Ce n'était pas seulement parce qu'elle pouvait s'habiller pour l'épreuve de ce soir, mais aussi parce qu'elle allait assister à la fête très convoitée et secrète que tout le monde à Darlington connaissait, sans y être convié. Elle n'était pas seulement réservée aux membres de l'Ordre, mais aussi aux queutards les plus débauchés de la région qui se pressaient au manoir pour ce seul événement de l'année ouvert aux non-membres.

— J'ai toujours voulu y aller, a murmuré Bellamy alors que nous approchions de la salle de bal. J'ai entendu beaucoup d'histoires.

— Si tu entendais les *vraies* histoires, je suis sûr que tu n'aurais plus envie d'y aller.

Elle a levé les yeux vers moi, avec une délicieuse étincelle coquine et un sourire en coin.

— Qu'est-ce que tu en sais ?

J'ai marqué une pause juste avant d'arriver à la porte. On entendait les basses lourdes de la musique électronique de l'autre côté. Il n'y aurait pas d'orchestre classique et de flûtes à champagne ce soir. Oh, non. Pas ce soir. Ce soir, il s'agissait de flirter avec le diable, de s'approcher au plus près des pires péchés pour satisfaire ses fantasmes sexuels inavoués.

— Les règles, ai-je déclaré, en la faisant pivoter face à moi.

Ses cils épais ont battu tandis qu'elle me regardait et attendait ce que j'avais à dire.

— C'est moi qui dirige. Moi. Tu m'obéis sans aucune question ni hésitation. Comme c'est une épreuve d'Initiation, les Anciens auront les yeux braqués sur nous tout le temps, et tout ce qu'on fera ou pas ce soir sera remarqué.

– Qu'est-ce qu'on doit faire exactement ?

– Tout ce que je veux, ai-je pratiquement grogné en la faisant tourner sur elle-même et entrer dans la salle de bal.

La pièce blanche s'était transformée en antre noir. La lumière des bougies scintillait au milieu de roses rouge sang, et d'épais rideaux de velours noirs comme la nuit recouvraient les murs. Les basses de la musique résonnaient dans mon corps, qui s'imprégnait déjà du suintement des pensées dégoulinantes de perversité des invités présents. La fête venait de commencer, mais la pièce sentait déjà le sexe. Et pas seulement le sexe. Des fouets, des chaînes, des ceinturons, et tous les jouets sexuels imaginables fournissaient le décor de la soirée. Le code vestimentaire était noir, cru, bestial et érotique.

Bienvenue à la fête de tous les saints.

D'aucuns appelleraient cela une soirée BDSM. Mais il n'y avait pas de consentement requis une fois la porte franchie. Entre ces murs, tout était permis. Vous étiez à la merci de votre partenaire. Vous étiez à lui, tout comme il était à vous. Les règles morales du bien et du mal se confondaient. *Oui* et *non* devenaient le même mot. Un mot si puissant qu'il ne pouvait être chuchoté que derrière des portes fermées ce soir. À cette fête mythique. La veille de la Toussaint.

Fais-moi mal, encore, plus fort...

Il n'y avait pas de douceur dans cette pièce.

Il y avait trop de bruit pour entendre la respiration de Bellamy, mais les mouvements de ses épaules et de sa poitrine m'indiquaient tout ce que je devais savoir. Elle était nerveuse. Eh bien... elle avait raison de l'être.

J'ai balayé la pièce du regard pour voir où étaient les

Anciens, notant qu'ils nous observaient déjà, dès notre arrivée. Comme je l'avais dit à Bellamy, l'épreuve de ce soir avait commencé.

J'ai approché ma bouche de son oreille.

– Commençons.

Ses grands yeux se sont tournés vers moi.

– On ne devrait pas prendre un verre d'abord ?

Sans répondre, je l'ai entraînée vers une croix de Saint-André fabriquée à la main qui se dressait en X au centre de la pièce. Il y avait tellement d'instruments de torture dans la salle, des bancs de fessée, des tables avec des sangles en cuir, des cages et des chaises conçues pour baiser. Mais la croix restait libre, et il serait vraiment dommage qu'elle ne soit pas utilisée ce soir. Elle trônait au milieu de la pièce dans toute sa splendeur, et il était temps pour Bellamy et moi d'occuper le devant de la scène.

Même si Bellamy marchait derrière moi, j'ai senti son pas ralentir à l'approche de l'instrument. J'ai dû la tirer discrètement alors qu'elle traînait des pieds.

– Tu as peur ? ai-je demandé en l'aidant à monter la marche unique de l'estrade de la croix.

– Non, a-t-elle menti.

Il était évident qu'elle mentait.

– Tu devrais avoir peur.

Sans perdre plus de temps, j'ai appuyé son visage contre le bois, tout en lui embrassant furtivement l'épaule et la nuque. J'ai saisi sa main et levé son bras vers les bracelets en cuir qui l'attendait. J'ai attaché la sangle autour de son poignet fin, suivi d'un baiser.

Oui, je pouvais être doux... quand je voulais.

J'ai répété les mêmes gestes avec l'autre poignet, puis les chevilles, lui écartant largement les jambes. Elle s'est réellement transformée en un magnifique X de chair. Elle n'était pas nue... pas encore. Mais c'est parce que j'avais un plan. J'avais toujours un plan.

Je me suis penché et j'ai murmuré à son oreille :

– Attends ici. Je reviens tout de suite.

Je l'ai vue se dévisser le cou pour me regarder, son corps essayant d'éloigner ses seins du bois, en vain.

– Attends ! Tu ne peux pas me laisser ici toute seule ! Je suis attachée et je ne peux pas bouger. Tu ne peux pas...

– Je peux, ai-je dit en me dirigeant vers un bar qui servait des cocktails.

J'étais sûr que n'importe quel initié serait intimidé en sachant que les Anciens le regardaient, mais je ne l'étais pas vraiment. J'avais été observé et scruté toute ma vie. J'étais habitué à toujours être exposé et à devoir prouver ma valeur. Ce soir ne serait pas différent.

Mais les Anciens pouvaient attendre que je me tape un whisky.

Quand je suis retourné vers Bellamy avec un verre à la main, je n'ai pas pu m'empêcher de trouver amusante la façon dont elle se tortillait pour se libérer de ses liens. C'était sot de sa part. Pensait-elle vraiment que j'allais lui donner la possibilité de s'échapper ?

– Tu vas t'écorcher les poignets et les chevilles si tu bouges comme ça, l'ai-je réprimandée en m'approchant de la croix.

– Espèce de connard. Tu viens de me laisser ici. Je ne vois rien et je ne sais pas ce que...

J'ai placé le whisky sur ses lèvres.

– Bois, l'ai-je interrompue. Tu as dit que tu voulais un verre d'abord.

Elle n'a pas eu d'autre choix que d'avaler le liquide ambré, et j'ai aimé qu'elle soit muselée pour l'instant. J'ai noté mentalement à quel point l'idée de la bâillonner faisait tressauter ma bite et je ne manquerais pas de faire cet acte plus tard.

Sachant que les Anciens s'impatientaient, j'ai éloigné le verre de whisky de ses lèvres et j'ai descendu le reste. Je me suis ensuite dirigé vers une table voisine où un fouet en cuir, parmi d'autres sex-toys, était exposé pour être utilisé. Bellamy a pu suffisamment se dévisser le cou pour voir exactement où j'allais et ce que je ramassais. J'ai levé les yeux vers elle en sentant le poids du fouet dans ma main et j'ai arqué un sourcil. Elle a écarquillé les yeux, s'est léché les lèvres et a tourné son visage vers le bois, comme si elle se préparait à la suite des événements.

Remarquant qu'elle portait toujours sa robe noire, j'ai compris que ça n'allait pas le faire. Bien qu'elle soit extrêmement sexy dans cette tenue, j'avais besoin de montrer à quel point c'était une belle femme. Et aussi... je voulais voir les marques apparaître quand j'allais la fouetter. J'ai attrapé une dague richement ornée de bijoux, et je me suis arrêté un moment pour songer à toutes les perversités que je pourrais faire avec cette lame.

Je me suis approché avec mes joujoux, j'ai effleuré du couteau le tissu de la robe et j'ai commencé à le découper. La lame a traversé le satin, et la robe a cascadé jusqu'à ses talons hauts en créant une mare de ténèbres. Bellamy a inspiré profondément pendant que je coupais la robe, mais n'a pas dit un seul mot.

Ma bite a durci à la vue de la robe, et plus encore en sachant que les Anciens mataient.

Matez, bande d'enfoirés. Regardez la plus belle femme de la pièce crier mon nom et supplier pour avoir ma queue quand j'en aurai fini avec elle. Regardez.

Une fois qu'elle était nue, j'ai posé le couteau à mes pieds et j'ai pris le fouet.

Que la fête commence.

J'ai fait claquer les lanières de cuir sur son cul, pas fort, juste pour l'avertir de ce qui allait suivre. Je voulais qu'elle s'habitue au baiser du cuir sur sa chair nue. Elle a sursauté au coup, a légèrement tressailli, mais n'a pas tourné la tête pour me faire face.

Drôle de fille. M'ignorer n'allait pas me faire arrêter.

Je l'ai flagellée plus fort cette fois, et j'ai souri quand elle a crié de surprise. Sans faire de pause, j'ai répété les coups de fouet jusqu'à ce que tout son cul soit rose et gonflé. Ses gémissements et ses miaulements se mêlaient au son de la musique, et je n'avais jamais entendu une chanson aussi sensuelle de ma vie. L'harmonie de ses cris et les battements de la techno m'ont donné envie d'ajouter ma partition à la mélodie.

Sans lâcher le fouet, je me suis approché de son oreille.

– Ça te fait mal ?

Ses yeux étaient fermés, et ses lèvres se sont entrouvertes, laissant échapper de lourdes respirations.

– Rien que je ne peux pas supporter.

J'ai gloussé.

– Ce n'est pas comme si tu avais le choix, mais j'apprécie ta bravoure.

Tout autour de nous, on entendait des cris de plaisir, de douleur et de jouissance à profusion. Fouetter Bellamy n'était pas différent ou plus spécial que ce que les autres hommes dans la salle faisaient avec leurs partenaires, donc je savais que je devais améliorer mon jeu.

J'ai lâché le fouet et ramassé le couteau dont le manche était serti de rubis, de saphirs et d'émeraudes. Sa forme phallique m'a tout naturellement inspiré mon prochain acte. J'ai lentement levé la lame vers la joue de Bellamy et je l'ai posée à plat contre son visage. Je voulais qu'elle sache exactement quel délicieux petit jouet j'allais utiliser.

Sa lèvre a tremblé.

– Tu ne vas pas me couper, n'est-ce pas ? S'il te plaît, ne me fais pas de mal.

J'ai pressé le couteau.

– Je ne scarifierais jamais une telle beauté. Mais je ne peux pas te promettre de ne pas te faire mal. J'aime le son de tes cris.

J'ai retourné le poignard pour le tenir avec précaution à l'endroit où le manche rejoignait la lame, j'ai approché la poignée ornée de bijoux de sa chatte et j'ai caressé les crêtes complexes de ses plis. Frustré de ne pas voir le spectacle de près, j'ai décidé de m'agenouiller et mater entre ses jambes écartées. La chair mouillée de sa chatte m'a accueilli en sauveur.

– Je vais te prendre avec cet objet, l'ai-je informée.

Son corps s'est tendu, mais elle a poussé un gémissement à la seconde où j'ai enfoncé le manche dans son canal étroit.

J'avais la plus belle vue de la pièce, et je pouvais sentir les yeux des Anciens brûler l'arrière de ma fichue tête.

Bien. Regardez, trous du cul.

C'est à ça que ressemble le véritable pouvoir.

Aucune femme dans cette pièce n'avait autant envie d'une bite que ma nana en ce moment. Je le voyais. Je le sentais. Et quand je passais mon doigt le long de sa chatte, je le palpais. En approchant mon doigt de mes lèvres... je le goûtais.

La chatte de Bellamy a englouti les pierres précieuses alors que je faisais aller et venir le manche en elle. Son jus dégoulinait sur le couteau, et il n'y avait aucun doute dans mon esprit qu'elle en voulait plus. Ses gémissements sont devenus plus forts que la musique, et j'ai remarqué que les muscles de ses jambes se contractaient et frémissaient.

Ma petite salope allait jouir avec ce couteau devant tout le monde.

J'ai continué de la pénétrer, plus fort et plus profond à chaque geste. Je voyais qu'elle était proche, si proche qu'à la seconde où j'ai touché son clito avec ma main libre et l'ai pincé, un cri a fendu l'air et sa crème a coulé sur mes doigts.

J'ai sorti le couteau, je l'ai jeté par terre et j'ai embrassé sa jambe, son cul, son dos, puis jusqu'à son oreille, où j'ai murmuré :

– C'est bien, ma belle. Tu auras une récompense.

IL A DÛ me porter jusqu'à la chambre. J'aurais peut-être pu monter l'escalier toute seule, mais il m'a prise dans ses bras après m'avoir détachée de la croix de Saint-André, et je me suis immédiatement ramollie.

Personne ne m'avait jamais... enfin, évidemment que personne ne m'avait jamais fait des trucs pareils. Je ne pouvais pas... Mon cerveau était encore dans le coaltar, et mon corps bouillonnait toujours de l'orgasme fracassant qui avait déferlé en moi alors qu'Emmett me baisait avec la garde ornée de sa lame devant une pièce remplie de gens.

Je n'étais pas moi-même. Était-ce possible de jouir si puissamment qu'on quitte son corps ? Parce que c'est ce que je ressentais en ce moment, comme si je flottais au-dessus de moi-même, tout en étant accrochée au cou d'Emmett. Et je n'étais pas sûre d'être prête à redescendre sur Terre.

Quand nous sommes revenus à la chambre et qu'il m'a posée sur le couvre-lit moelleux, je n'ai pu que le fixer.

– Quoi ? a-t-il dit avec un sourire en coin. Tu n'as pas de réplique futée après que je t'aie exhibée comme ça, que je leur aie montré à quel point ta chatte a faim de tout ce que son maître veut bien lui donner à manger ?

Mes jambes ont tressauté et ma mâchoire s'est décrochée, mais je n'ai pas dit un mot. Emmett s'est approché de moi en souriant — un sourire de requin. Il a détaché son veston avant de s'attaquer aux boutons de sa chemise de façon tout aussi déterminée, mais il s'est impatienté et il a fini par l'ôter par la tête avec son maillot de corps.

Puis il s'est penché sur le lit et il a rampé entre mes jambes, les muscles de ses larges épaules ondulant sous sa peau. J'ai étouffé un cri quand il m'a empoigné les cuisses et les a écartées d'un coup.

– Tu as été une très bonne fille ce soir, a-t-il soufflé devant ma chatte, et je me suis tordue sous lui, encore dans les vapes. Mon Dieu, tu es belle.

J'ai regardé autour de moi, dépaysée. La scène ne me semblait déjà pas réelle, mais encore moins avec tous ces compliments. Chaque fois qu'il m'en faisait, ma chatte palpitait. Il avait été tellement dur avec moi en bas, mais voilà maintenant qu'il posait de tendres baisers à l'intérieur de mes cuisses. D'abord la gauche, puis la droite. Mais chaque fois qu'il arrivait au sommet, il redescendait la tête.

Mes yeux se révulsaient et mes hanches tanguaient malgré moi. J'étais ivre des vaguelettes de plaisir qui me balayaient encore. Qu'est-ce qu'il m'avait fait dans cette salle de bal, bon sang ? Mais je ne voulais pas revenir à la réalité, pas tout de suite, alors je me suis laissée faire lorsqu'il m'a attrapé les poignets pour m'immobiliser les mains en continuant son supplice de baisers.

Ses lèvres étaient incroyablement douces, et puis — oh mon Dieu, sa *langue*.

J'ai geint lorsqu'il a léché le pli entre ma cuisse et mon pubis, avant de reculer la tête encore une fois.

– S'il te plaît, ai-je gémi, les doigts agrippés au couvre-lit.

Il a relevé la tête.

– S'il te plaît, quoi ?

Quand je l'ai vu entre mes jambes, musclé comme un dieu grec, mon corps s'est convulsé. J'étais sur le fil du rasoir, mais il m'en faudrait plus pour jouir.

Il n'y avait qu'une chose à dire, et à ce moment-là, ce n'était plus qu'un simple jeu entre nous deux, un jeu auquel j'avais accepté de participer, qui aurait dû me terrifier, mais ne le faisait pas ; je voulais vraiment prononcer ces mots.

– S'il te plaît, Maître, ai-je chuchoté, pratiquement au bord des larmes tant je le désirais.

Ses yeux se sont enflammés, et il a sondé mon regard fiévreux.

Puis lentement, délibérément, sans rompre le contact visuel, il a baissé la tête et a léché mon centre. J'étais fichue. Je ne pouvais plus soutenir son regard. C'est à peine si je faisais encore partie de ce monde.

J'ai hurlé en renversant violemment la tête.

Ma chatte a pulsé et juté dans sa bouche alors qu'il me léchait et m'aspirait jusqu'à la dernière goutte. Puis j'ai joui encore plus fort, broyant son visage avec mes hanches. Il m'a saisi les fesses en me dévorant goulûment, ce qui m'a encore plus...

Oh... oh mon Dieu.

J'ai hurlé alors qu'un orgasme retentissant me balayait.

Puis il a rampé sur le lit en se hissant sur moi, tout en défalquant son futal. Je lui ai ouvert mes jambes et, en un seul coup de reins, il m'a pénétrée.

Profondément.

Le lit a grincé lorsqu'il m'a empoigné les cheveux à la base de la nuque et m'a embrassée passionnément.

Nous avions déjà baisé, évidemment, mais ça n'avait

jamais été comme ça. J'ai essayé d'enrouler les bras autour de lui, mais il m'a agrippé les poignets encore une fois et il m'a clouée au lit en me baisant, avide de me dominer jusqu'à la fin.

Et l'orgasme qui avait commencé avec sa langue douce et curieuse s'est remis à me secouer le corps alors que sa queue turgescente coulissait délicieusement en moi. Au début, la friction était seulement extérieure, mais le va-et-vient de son bassin m'embrasait maintenant l'intérieur, et j'ahanais de plaisir dans sa bouche.

– Regarde-moi, a-t-il ordonné en se reculant tout à coup. Hurle mon nom en jouissant. Fais savoir à tout le manoir qui est ton maître.

Ses ordres dominateurs ont décuplé mon plaisir et j'ai crié son prénom alors que ma chatte lui comprimait la queue. La vague de l'extase ne cessait de s'étirer, d'une façon que je n'avais jamais crue possible.

Et Emmett continuait de me baiser et de posséder mon corps.

Mon orgasme venait enfin de s'atténuer lorsqu'il a dit :

– Encore. Je vais jouir.

Et je l'ai senti dans sa posture, je l'ai vu à la façon dont ses muscles luisants se bandaient et sa mâchoire se crispait. Il allait jouir, et ça m'a... oh mon Dieu.

La scène a déclenché un autre orgasme dans mon ventre, moi qui n'ai jamais été multiorgasmique avant cet homme.

– Emmett, ai-je gémi d'une voix rauque alors que l'explosion naissait au creux de mon entrejambe, puis parcourait les confins de mon corps avant de revenir incendier ma chatte.

Il me pilonnait, m'écrasant les poignets dans le matelas et me plaquant contre le lit d'un seul regard. Sa mâchoire était crispée et la veine dans son front pulsait. J'ai senti le flot de foutre déferler en moi lorsqu'il a déchargé.

Nos regards se sont croisés alors que nous vivions cette euphorie en chœur, lui me maîtrisant, et moi si perdue dans le plaisir qu'il me procurait que j'en oubliais pratiquement qui j'étais, mais peu m'importait. Je m'abandonnais pleinement à lui, faisant le vide dans mon esprit alors qu'un tsunami de plaisir me flagellait le corps des pieds à la tête.

Je ne me suis alanguie que lorsqu'il l'a fait, et nous nous sommes effondrés en même temps. Il a glissé légèrement d'un côté pour ne pas m'écraser de son poids, mais il était encore sur moi. La pression et la chaleur de son corps me donnaient l'impression d'être plus en sécurité que je ne l'avais jamais été. Si j'avais eu toute ma tête, l'idée m'aurait sans doute effrayée. Mais je ne l'avais pas toute ; je n'avais même pas de tête en ce moment. Je flottais dans le néant merveilleux où Emmett m'avait emmenée. Je n'avais aucun souci, aucune responsabilité ici. Je n'avais qu'à lui faire confiance.

Quand il a roulé sur le dos, s'éloignant de moi, j'ai cru que j'allais pleurer, mais il est tout de suite revenu. Une serviette chaude et mouillée à la main.

Il m'a tenue dans ses bras en me nettoyant. Je restais silencieuse, malléable comme une poupée de chiffon, et je le regardais faire avec de grands yeux. Mais lui était loin d'être silencieux.

– Tu es tellement belle, putain, a-t-il murmuré en glissant la serviette chaude entre mes jambes. Précieuse.

Il m'a fait rouler sur le dos, et avec des mains si tendres que j'avais du mal à croire qu'elles appartenaient à Emmett, il m'a appliqué un baume à l'odeur de prairie aux endroits où il m'avait cravachée plus tôt dans la soirée. J'étais pratiquement sonnée, mais la sensation m'a encore plus engourdie.

Et plus il me chuchotait qu'il était fier de moi et que j'avais été une bonne fille ce soir, plus je me sentais chaude et somnolente. Personne n'avait jamais...

Mes yeux se sont humectés, et je les ai fermés pour ne pas pleurer.

Alors que je revenais lentement à moi, ses mains apaisant toujours mes zones sensibles, mes pensées étaient troubles. On n'avait jamais tant exigé de moi, et je ne m'étais jamais autant donnée non plus. J'avais voulu être parfaite ce soir, et j'avais sué sang et eau. J'étais tellement terrifiée par mon sort imminent lorsqu'il s'est mis à m'attacher à cette foutue croix. Mais il était à côté de moi, et j'ai puisé en lui la force de continuer.

En le laissant prendre soin de moi comme ça, je me sentais encore plus nue que quand nous étions devant les Anciens, et pourtant je ne m'éloignais pas de lui. Mais je ne pouvais pas le regarder en face, surtout après nos ébats. Vers la fin, j'ai eu l'impression qu'il regardait directement dans mon âme, et je ne sais pas...

Emmett semblait voir qui j'étais plus que quiconque dans ce monde ne l'avait jamais fait. Qu'est-ce que j'étais censée faire de tout ça ?

– Chut, a-t-il murmuré comme s'il pouvait entendre mes pensées turbulentes.

Il s'est glissé dans le lit derrière moi. Ses genoux se sont imbriqués derrière les miens, et son torse a épousé la forme de mon dos. Quand il m'a entouré la taille, mon corps entier s'est relaxé dans ses bras, et mes pensées bouillonnantes se sont calmées jusqu'à ce que la surface de mon esprit soit aussi lisse qu'un lac placide dans le silence d'un matin paisible.

– Dors, a ordonné Emmett, et comme chaque fois qu'il m'avait donné un ordre ce soir, mon corps a obéi presque aussitôt.

CHAPITRE 9
EMMETT

BIEN QUE LE temps se rafraîchisse en Géorgie, le manoir des Oléandres restait un endroit étouffant. Nous passions beaucoup trop de temps cloîtrés à l'intérieur, à attendre notre prochaine épreuve, et le confinement commençait à m'atteindre. Et à en croire l'irritabilité de Bellamy par moments, je devinais qu'elle aussi. Personne ne m'avait parlé de la difficulté d'un séjour au manoir. Ce n'était pas les épreuves qui étaient difficiles, mais l'ennui causé par tout ce temps d'inactivité.

— Ça semble être une journée parfaite pour nager, ai-je annoncé en fermant mon laptop, puis me levant et m'étirant.

Bellamy a détourné le regard de son livre et a secoué la tête.

— Je n'ai pas apporté de maillot de bain.

Je lui ai pris le livre des mains.

— Tu n'en as pas besoin.

Sans même lui donner la chance de répliquer, je l'ai prise par la main et je l'ai entraînée hors de la chambre, hors du manoir, et vers le lac.

Notre dernière promenade jusqu'au lac commençait à

dater, et dès que j'ai vu le plan d'eau apparaître à l'horizon, j'ai regretté de ne pas y être allé plus souvent. L'eau clapotait sur les galets de la rive, et le reflet du soleil faisait danser les couleurs à la surface.

J'ai enlevé mes souliers avant de me tourner vers Bellamy.

– Allons-y. Je parie que l'eau est bonne.

Elle était un peu plus fraîche que je le croyais, mais j'ai inspiré profondément, puis j'ai joint les bras au-dessus de la tête et plongé. J'ai nagé jusqu'à ce que j'aie besoin d'air de nouveau, remontant la tête à la surface en dégageant les cheveux de mon visage. En nageant sur place, je me suis retourné vers le rivage, surpris de voir que Bellamy restait debout à me regarder.

– Tu viens ? ai-je hélé.

– Non, ça va.

Elle a avisé un rocher non loin et est allée s'y asseoir.

– On est bien. Allez, ai-je dit en retournant vers la rive pour la convaincre d'au moins tester l'eau. Ce n'est pas trop froid. Promis.

Elle a secoué la tête.

– Ce n'est pas ça. C'est juste que... a-t-elle commencé, ôtant ses sandales, puis trempant les orteils dans l'eau. Je n'ai pas de maillot de bain.

Je me suis avancé vers la rive.

– Eh ben, moi non plus. Je crois qu'on a passé l'étape de la gêne. Et il n'y a que toi et moi dans le coin, ai-je ajouté en indiquant nos alentours des bras. Personne ne va te voir.

Ses yeux ont trouvé l'eau, et j'ai vu qu'elle y songeait.

– Allez. Tu vas m'obliger à venir te chercher ?

Elle a pouffé.

– Non. Je peux le faire moi-même, a-t-elle répondu avant de me pointer. Mais ne t'avise pas de mouiller mes cheveux.

J'ai dû me faire violence pour ne pas lever les yeux au ciel. Ah, les filles du Sud et leurs cheveux...

Mais j'ai vite été distrait lorsqu'elle a commencé à se déshabiller. Ma queue a durci quand j'ai vu Bellamy passer les doigts dans l'élastique de son short, puis le descendre sur son cul galbé. En passant son débardeur par la tête, elle m'a lancé un sourire espiègle. Elle a défait son soutif et l'a laissé tomber par terre, puis elle a baissé sa culotte et s'est relevée, me laissant mater son corps nu dans la splendeur du jour.

C'était différent d'une épreuve ou de l'intimité de notre chambre. Bellamy était exposée, vulnérable — et plus séduisante que jamais.

— Je ne sais pas bien nager, a-t-elle avoué en s'avançant, passant à côté de moi sans me laisser la chance de répondre.

Elle s'est abaissée dans l'eau, mais s'est assurée d'arrêter aux épaules pour ne pas mouiller son visage et ses cheveux.

— Tu sais... ai-je dit en la suivant dans l'eau, il n'y a rien de mal à bousiller ta coiffure et ton maquillage parfaits. Je te jure que je ne dirai à personne que tu t'es baignée.

C'est là que j'ai réalisé qu'elle ne m'avait jamais laissé la voir au naturel, sans que ses cheveux soient parfaitement coiffés et que son visage soit soigneusement maquillé. Après une douche, elle ne sortait de la salle de bain que lorsqu'elle avait fini sa toilette. Mais c'était le cas de la plupart des Géorgiennes. À croire qu'on les avait entraînées dès l'enfance à toujours avoir du rouge à lèvres et un séchoir à cheveux à portée de la main.

— Ma mère ferait une crise cardiaque si elle me voyait. Les dames ne se baignent pas nues, et certainement pas en plein jour, a-t-elle dit en exagérant son accent du Sud.

— Ça ne t'arrive pas de vouloir enfreindre les règles de temps en temps ? ai-je demandé en la suivant dans l'eau.

— Constamment. Mais c'est mieux si tu vois mes bons

côtés. Personne n'a besoin de me voir sans maquillage. Ce n'est pas joli.

Malgré son sourire et son ton suggérant la plaisanterie, j'ai trouvé ses paroles attristantes.

– Je ne suis pas d'accord, ai-je répliqué en lui prenant le bras et l'interrompant dans sa nage. Je ne crois pas que tu aies besoin de tout ce maquillage pour être belle. Tu as une beauté naturelle.

Elle a renâclé.

– On m'a appris très jeune que la beauté naturelle n'existe pas sans coup de pouce. Je crois que je porte du gloss depuis que j'ai dix ans, quand ma mère m'a dit que j'avais le malheur d'être née avec des lèvres minces.

Nous étions tous les deux debout dans l'eau, à nous regarder. Bellamy souriait, mais pas moi.

– C'est dommage, Bellamy. Ta mère n'aurait jamais dû te donner l'impression que tu n'es pas parfaite sous toutes tes coutures.

– Personne n'est parfait, dit-elle en détournant le regard. Mais c'est à ça que sert le maquillage. Tout le monde peut être joli avec assez de fard et d'ombre à paupières.

J'ai fait un pas vers elle.

– Plonge dans l'eau avec moi.

Elle a arrondi les yeux.

– T'as rien entendu de ce que je viens de te dire ? Je ne vais pas bousiller...

– J'ai très bien entendu tout ce que tu m'as dit, et je veux te prouver que tu as tort. Plonge dans l'eau avec moi.

– Non.

– Ne m'oblige pas à te pousser.

– T'as pas intérêt.

– J'ai la pétoche, ai-je raillé.

– Emmett ! a-t-elle glapi quand je me suis emparé d'elle.

– Je ne vais pas te forcer. Mais Bellamy, laisse-toi aller un peu. Chasse ta mère de ta tête qu'on puisse se baigner en paix, et ne l'écoute pas. Enfreins les règles pour une fois dans ta vie. Viens nager avec moi.

Je l'ai vue réfléchir un instant puis, sans crier gare, elle a plongé — ne se souciant plus de ses cheveux.

J'ai poussé un cri d'excitation avant de plonger à mon tour et de nager à ses côtés, libéré des règles de bienséance d'une société vieux jeu.

Après un moment, nous avons émergé de l'eau, à bout de souffle et plus en vie que jamais depuis notre arrivée au manoir. C'était ça, la liberté.

Ses cheveux lui collaient au visage et presque tout son maquillage avait fondu, hormis quelques dégoulinades d'eyeliner autour de ses yeux.

– Je n'ai jamais vu une aussi belle femme que toi en ce moment, ai-je dit — et je le pensais.

J'ai collé ma bouche sur la sienne, réclamant son goût à chaque caresse de ma langue. J'étais insatiable de cette femme. Elle était comme une putain de drogue, et j'y étais déjà accro. Je croyais impossible de la trouver encore plus belle, mais avec l'eau qui ruisselait sur sa peau parfaite et ses cheveux mouillés en bataille, je ne voulais plus jamais la voir autrement.

J'éprouvais un désir ardent d'être en elle. De la pénétrer encore et encore. Je n'avais pas assez de vingt-quatre heures dans une journée pour le nombre de fois où je voulais la baiser. La posséder. La faire mienne. Mon côté primitif prenait le dessus, mais il y avait quelque chose d'autre...

Quelque chose tout au fond de moi, qui m'effrayait lorsque j'y pensais trop.

Bellamy a fini par rompre le baiser et me regarder de ses grands yeux bleus.

– Je dois avoir une sale tête en ce moment.

– Tu es sublime. Les mots me manquent pour décrire à quel point tu l'es. C'est vraiment dommage que ta mère et notre société t'en aient fait douter. Tu n'as même pas besoin d'apparat pour être ravissante, parce que tu l'es, naturellement.

Elle a pressé son corps nu contre le mien, et j'ai perdu le contrôle. Au moment où ses cuisses sont entrées en contact avec les miennes, j'ai été foutu.

Je l'ai fait pivoter et j'ai pressé mon torse contre son dos. Puis j'ai pris ses seins en coupe et j'ai niché ma trique dans la fente de ses fesses, lui mordillant l'oreille avant de chuchoter :

– C'est fou l'effet que tu me fais, Bellamy. Tu fais ressortir un désir animal en moi. Le besoin de te posséder.

Alors que je couvrais sa gorge de baisers, les souvenirs des épreuves et de tous nos ébats m'ont traversé l'esprit, mais quelque chose était différent cette fois.

Je n'étais pas obligé de la baiser.

Et elle n'était pas obligée de me laisser faire.

– Avec toi, je me sens... différente. Libre d'être moi-même, m'a-t-elle avoué en penchant la tête d'un côté pour me donner le plein accès à son cou.

Elle a lâché un petit gémissement de plaisir, qui a fait tressauter ma queue.

– Je ne veux jamais que tu ressentes le besoin d'être quelqu'un d'autre que toi-même, ai-je dit entre les baisers que je prodiguais à son cou et à ses épaules.

Je lui massais les seins, et ma queue a palpité de plus belle quand Bellamy a gémi de plaisir, ne ressentant manifestement pas le besoin de cacher son désir grandissant.

– Ne t'arrête pas, a-t-elle ronronné en passant les mains derrière mon corps et m'empoignant le cul pour m'écraser contre elle.

Ma queue s'est enfoncée encore plus loin entre ses fesses, se rapprochant délicieusement de son petit trou interdit.

– Je n'en avais pas l'intention.

J'ai baissé une main qui lui titillait jusque-là les mamelons jusqu'à sa chatte, que j'ai empoignée en grognant dans son oreille. Puis mes doigts ont trouvé son clito et l'ont frictionné en un mouvement circulaire. J'adorais l'entendre haleter, fier de voir combien elle se délectait de mon contact et m'en demandait encore plus en arcboutant et frottant le bassin contre ma main. Je savais que je pouvais la faire jouir comme ça, mais je voulais l'amener juste au bord du gouffre pour mon but ultime.

J'ai empoigné ma queue de l'autre main et j'ai guidé ma trique dans les plis de sa chatte avant de m'enfoncer dans sa chaleur soyeuse. J'ai lâché un gémissement en commençant à aller et venir en elle, sentant les parois de son sexe se resserrer autour du mien. L'eau du lac passait entre nos corps et les vaguelettes causées par nos mouvements nous léchaient la peau.

Bellamy s'est accrochée à ma main qui était toujours sur sa chatte, joignant ses gémissements aux miens et prononçant mon prénom entre ses petits cris. Les bruits de plaisir qui s'échappaient de sa bouche m'enivraient.

Ayant un but en tête, je suis sorti de sa chatte serrée et j'ai empoigné ma queue de nouveau, mais cette fois je l'ai dirigée vers son trou du cul.

Je devais la posséder ici aussi.

Je voulais la connaître de cette façon profondément intime et primitive.

En soumise parfaite qu'elle était – même si elle l'ignorait toujours –, Bellamy s'est penchée en avant pour me faciliter la tâche, et elle s'est pressée contre mon gland quand il a touché son anus. Le geste tout simple m'a dit qu'elle voulait me sentir dans son cul autant que je voulais y être.

Elle a étouffé un petit cri quand j'ai commencé à la pénétrer. Lentement, je l'ai étirée, prêtant une attention particulière aux bruits qu'elle émettait pour repérer tout signe de détresse ou de douleur sérieuse. Mais je n'entendais que les sons du désir et d'une passion animale.

J'ai empoigné une touffe de ses cheveux mouillés et j'ai tiré dessus jusqu'à ce qu'elle se retourne et croise mon regard.

– Relaxe-toi, ai-je dit. Laisse-moi entrer.

Les yeux vitreux et la bouche entrouverte, elle a hoché la tête légèrement et j'ai senti les parois de son canal se relâcher pour accepter ma grosse bite, et ça a suffi à me laisser m'insérer plus loin.

Ma queue a tressauté quand Bellamy a lâché un gémissement bruyant, comme si elle se fichait qu'on puisse nous entendre. Elle se laissait entièrement aller même sous la vive lumière du soleil. Pour la récompenser, j'ai bougé le doigt, toujours sur son clito, voulant la faire jouir avec ma queue plantée dans son cul.

– Je vais aller plus loin, et plus fort, l'ai-je avertie.

Elle a hoché la tête en grognant.

– Ton doigt. Ta queue en moi. Tout ça... (Elle a étouffé un autre cri quand je me suis enfoncé de plus belle.) Ça va me faire jouir encore.

– Oui, ma belle. Jouis avec ma bite dans ton cul. Jouis pour moi, Bellamy.

Je n'allais pas tenir le coup très longtemps, mais j'ai attendu que ses gémissements se transforment en cris de jouissance. J'ai seulement eu besoin de sentir les spasmes de ses parois autour de ma queue pour succomber et gicler en elle. Des décharges électriques de plaisir m'ont parcouru les veines.

Ce n'est que quand Bellamy s'est retournée et m'a embrassé tendrement sur la bouche que je suis sorti de ma transe. Ma peau était en effervescence de la tête aux pieds. Je l'ai attirée contre mon torse, puis je me suis penché et j'ai déposé un baiser sur son front, son nez, ses joues, et enfin, ses lèvres.

Quand elle a frissonné, j'ai réalisé que je sentais la chair de poule sur sa peau en la caressant.

– Tu as froid.

– L'eau est froide, a-t-elle dit en se collant sur moi.

Je l'ai prise par la main et entraînée vers la rive, voulant m'assurer qu'elle était au chaud et confortable. La réalisation que j'avais toujours besoin de la protéger m'a frappé comme la foudre. Elle était à moi. Je la possédais, mais je devais aussi prendre soin d'elle.

Ces sentiments m'étaient étrangers, mais ils n'en étaient pas moins réels.

Je ne pouvais plus les nier.

Quelque chose se passait entre Bellamy et moi. Qui allait bien au-delà du sexe et des épreuves.

LES SEMAINES ONT PASSÉ, mais depuis le lac... les choses étaient différentes. Emmett aimait toujours me dominer, mais c'était... je ne sais même pas comment l'expliquer. C'était plus doux entre nous. Le sexe n'en était pas plus tendre. Mon Dieu, même que depuis qu'il m'avait prise dans le cul, il se plaisait à repousser mes limites encore plus loin et plus fort. Mais c'était exaltant chaque fois qu'il me laissait sombrer dans le gouffre et prenait soin de moi après — à la fois durant les épreuves et lorsqu'il n'y avait que nous deux dans la chambre.

Je ne savais pas quoi faire de ces sentiments.

Mais nous avions du succès durant les épreuves.

Et pour la première fois depuis très longtemps, j'étais... heureuse. Ce qui était complètement dingue, étant donné les turpitudes qu'on nous demandait de faire. L'autre jour, des types se sont enfilé des shots de Jello sur mon corps pendant des heures. Seul Emmett avait le droit de me baiser, mais sa tension était palpable alors que d'autres hommes en profitaient pour me lécher et me caresser en prenant leurs shots.

Quand on est rentrés à la chambre, il m'a emmenée illico à la douche, où il m'a décrassée comme il faut avec une éponge.

Puis il a passé les trois heures suivantes à me sabrer avec un cockring pour rester bandé toute la nuit. Comme s'il essayait de chasser le souvenir des mains d'autres hommes sur mon corps et le remplacer par des souvenirs de lui.

Ça a marché. Trop bien, même. Parce que je ne pensais qu'à lui.

J'aurais dû me lasser de sa gueule à force d'être cloîtrée avec lui H24. Mais il imaginait toujours des façons créatives d'exercer sa domination quand il sentait ma fébrilité monter. Parfois, il me faisait m'accroupir à ses pieds en lisant un livre et il passait les doigts dans mes cheveux. Ça aurait dû être humiliant, comme s'il flattait un chien. Mais non. Parce que j'avais maintenant soif de son contact, et il était à l'écoute de mes besoins sans que j'aie à les exprimer.

Il y a des jours où il me demandait de me toucher pendant qu'il bossait — de façon sporadique, pendant des heures. Je ne pouvais jamais prédire son humeur. Mais chaque jour, et souvent plus d'une fois, il faisait une pause et il venait jouer avec moi, bien qu'il appelle ça me *dresser*.

Il était absolument fasciné par mon cul. Il lui donnait la fessée. Il y fourrait des plugs. Et des perles anales, un de ses joujoux préférés. Par-dessus tout, il prenait un plaisir fou à m'enculer. Mais il ne le faisait qu'une fois ou deux par semaine, comme une gâterie qu'il se gardait en réserve. Le reste du temps, il me baisait par tous les autres trous.

Il adorait prendre des appels pendant que j'étais à genoux sous son bureau, et me baiser vigoureusement la bouche tout en restant professionnel au téléphone. Il était toujours féroce au lit après ces appels. Bien sûr, il voulait impressionner les Anciens, mais cet endroit était conçu sur mesure pour un pervers comme lui.

Il n'aimait peut-être pas l'incertitude des épreuves, mais il adorait me baiser et me dominer devant d'autres hommes. Ce

qu'il aimait beaucoup faire ces derniers temps, c'était m'empêcher d'atteindre l'orgasme les jours d'Initiation. Il passait des
heures à m'exciter, m'amenant juste au bord du gouffre, mais il
ne m'y jetait pas. Parce qu'il voulait donner le spectacle le
plus époustouflant pour les Anciens. C'était cruel. Ça me
rendait folle. Et je dégoulinais de désir pour lui comme je ne
m'en croyais même pas capable.

Et les trucs qu'il conditionnait mon corps à désirer... doux
Jésus. Il y avait une épreuve d'Initiation ce soir, et il a passé le
déjeuner à m'aguicher et m'aguicher, s'arrêtant chaque fois
que la jouissance commençait à monter. Puis il est retourné au
travail, me laissant un vibrateur dans la chatte qu'il a allumé
et a fait vibrer à des intensités différentes quand bon lui
semblait tout au long de l'après-midi. Dès que je commençais
à me calmer, il rallumait le satané machin et me ramenait au
bord de l'orgasme. Un putain de supplice sans fin.

Au moins, il m'a laissée prendre ma douche toute seule.
J'ai été tentée de me palucher pendant que j'étais là-dedans,
mais je n'étais pas idiote. Connaissant Emmett, c'était sans
doute un test. Je ne pouvais plus lui mentir au point où on en
était, et il allait inévitablement me poser la question.

Je savais qu'être une *sage fille* signifiait que je serais autorisée à jouir encore et encore devant les Anciens, mais la désobéissance représentait une punition qui persisterait bien après
le soir de l'épreuve. La dernière fois que je lui ai désobéi, il m'a
privée pendant des jours — et pas juste de sexe. Il ne m'a
même pas adressé la parole pendant tout ce temps.

Et c'était choquant de voir combien mon corps privé de
sexe se rebellait après avoir connu les orgasmes continus.
J'étais en manque, mais je l'ai pratiquement supplié de me
donner ma punition, promettant d'être une sage fille à partir
de maintenant. Ce n'était qu'un rôle que je jouais, me disais-
je. Juste pendant qu'on était ici, et que je m'emmerdais à mort.

Pourtant, j'étais plus que désespérée quand il m'a privée de sexe et d'attention pendant encore toute une journée avant de me donner une fessée qui m'a tellement endolori les fesses que je pouvais à peine m'asseoir le lendemain. Mais il m'a massée après et nourrie à la main, et je me suis sentie tellement choyée que j'ai su que j'étais prête à subir n'importe quelle humiliation pour éviter de revivre un calvaire pareil.

Je suis sortie de la douche et je lui ai souri, encore un peu choquée de sentir la chaleur affluer dans ma poitrine chaque fois que je le voyais. C'était une sensation si nouvelle et inconnue.

Ses yeux sombres se sont posés sur moi. J'ai attendu que son sourire habituel égaye son visage, puis de voir le regard sulfureux que je lui connaissais si bien. Je ne portais qu'une serviette de bain, et oui, j'étais *peut-être* en train d'essayer de le faire enfreindre sa propre règle en me baisant avant l'épreuve.

Mais il a froncé les sourcils et il a regardé sa montre.

– Pourquoi tu n'es pas prête ? On part bientôt.

J'ai cillé, soudain hésitante. Mes mains ont trouvé le nœud de la serviette, que j'avais enroulée autour de moi.

– Ça va. Il n'y avait rien d'autre dans la boîte que les escarpins de toute façon, et ça s'enfile vite.

Il m'a fixée.

– Mais tu ne vas pas faire un truc avec tes cheveux ? Et… (Il m'a indiquée vaguement de la main.) Mettre du maquillage et tout ça ?

Mon cœur ouvert et vulnérable s'est fracassé en mille morceaux. J'ai dégluti et hoché la tête, reculant et fonçant dans la salle de bain.

Il s'est levé, et j'ai vu qu'il portait déjà son costume repassé à la perfection, avec ses boutons de manchette en or sertis de diamants.

– C'est juste... tu sais qu'on doit être parfaits. Ce serait joli si tu mettais un peu de rouge à lèvres.

M'éloigner de lui. Voilà ce que je devais faire. Je me suis retournée et réfugiée dans la salle de bain, refermant la porte derrière moi. Lui fermant la porte au nez. À lui et à ses mots.

J'ai fermé les yeux alors que d'autres mots résonnaient dans mes oreilles. Les mots de ma mère. *Ne va même pas chercher le courrier sans être maquillée. Tu dois être parfaite. On te regarde toujours.*

J'ai rouvert les yeux et je me suis regardée dans la glace. Mon visage était pâle, et j'avais des cernes sous les yeux. Sans parler de mes lèvres inexistantes.

Emmett était un foutu menteur. Comme tous les autres. Il ne me trouvait pas parfaite comme j'étais. Parce que je ne l'étais pas. Mon Dieu, n'était-ce pas le but de me dominer ? Je n'étais pas assez bien.

Je m'étais leurrée en croyant qu'il me respectait ou qu'il me trouvait belle. Et, oh mon Dieu, je me trimballais dans la chambre sans maquillage depuis quelques semaines déjà. Ha, j'imagine que ça lui montrait à quel point il avait tort à propos du maquillage. Et à bien y penser... il me prenait de plus en plus souvent par-derrière. Il n'était donc même pas capable de me regarder en face en prenant son pied ?

J'ai brusquement ouvert le tiroir qui contenait mon maquillage et j'ai regardé furieusement les accessoires que j'avais utilisés toute ma vie pour me transformer en l'incarnation même de la désirabilité féminine. J'ai commencé avec le crayon à lèvres, prenant soin de dessiner la ligne à l'extérieur de mes lèvres pour donner l'impression qu'elles étaient presque deux fois plus grosses.

Quand j'ai émergé de la salle de bain maquillée comme une voiture volée une demi-heure plus tard, Emmett s'impatientait dans son complet cravate.

– C'est pas trop tôt, a-t-il aboyé. On est pratiquement en retard. Quel genre d'impression tu crois que ça va donner aux Anciens ?

Je voulais montrer les crocs et l'envoyer paître, lui dire que je me fichais de l'opinion d'une bande de vieux croûtons flasques.

Mais au lieu de cela, j'ai fait ce que j'avais fait toute ma vie. Comme la bonne fille du Sud que j'étais. J'ai tout ravalé, je suis allée enfiler les escarpins les plus vertigineux de ma vie, et j'ai pris le bras d'Emmett. Sans perdre une seconde, il nous a fait débarrasser le plancher. Il était résolu, après tout. Et moi, je n'étais qu'un faire-valoir. Une belle chose, avec des trous à baiser.

Dieu merci, il m'avait remise à ma place avant que je perde complètement la tête en croyant à tort qu'il se passait quelque chose entre nous.

Je ressentais d'ordinaire une effervescence à l'approche d'une épreuve. J'étais excitée à la perspective d'épater la galerie d'Anciens, de savourer le lien spécial entre Emmett et moi tandis qu'on se donnait à fond dans la prestation perverse qu'ils avaient concoctée pour la soirée.

Mais en ce moment, je ne souhaitais qu'une chose : tourner les talons, courir à la chambre et récurer la tonne de maquillage que je m'étais étalée sur le visage. Et pourtant, j'ai descendu la dernière marche du grand escalier et j'ai suivi Emmett dans la salle de bal blanche — sauf que, contrairement à d'habitude, il n'y avait pas de musique ni de femmes nues au bras de membres en toge argentée.

Les Anciens étaient en toge argentée, comme tous les autres membres, et ils se tenaient de façon solennelle autour d'une chaise en acajou au centre de la pièce avec, non loin, ce qui ressemblait à une longue table de massage. C'est tout.

Mon estomac s'est noué de plus belle alors qu'Emmett m'entraînait vers la table.

– Monte. Sur le dos, m'a ordonné un Ancien.

Emmett a lâché ma main, et je me suis exécutée avec l'impression d'être seule au monde. Je savais que les épreuves étaient censées s'intensifier avec le temps, mais j'avais un mauvais pressentiment. Très mauvais.

Mais j'ai gardé mon calme alors qu'Emmett s'asseyait dans la chaise en acajou en face de moi.

Ce n'est que lorsqu'un type bardé de tatouages est apparu avec une sorte de coffre à outils et qu'il s'est mis à en sortir des trucs, dont une machine à tatouage, que j'ai commencé à vraiment flipper.

Je me suis redressée et j'ai secoué la tête.

– Couche-toi, a ordonné Emmett d'une voix grave, en me fusillant du regard.

J'ai levé les mains, en secouant la tête malgré moi.

– Pas question. J'ai peur des aiguilles.

Emmett s'est levé, visiblement furax. Il s'est approché de moi en trombe et il a posé la main sur mon sternum comme pour me forcer à me rallonger, mais je l'ai brusquement repoussé. Mon geste a déclenché un bourdonnement de murmures dans la salle, mais Emmett n'était pas le seul qui pouvait se fâcher.

– Ne me touche pas, ai-je sifflé.

Ses yeux étaient habituellement sombres, mais ils ont viré au noir à mon refus. Il s'est penché vers moi et il m'a parlé d'une voix glaciale.

– Tu me fous la honte, putain.

– Un péché mortel, je parie, ai-je renâclé dans ma barbe.

Il a pris mon menton et m'a forcé à le regarder.

– Je ne sais pas d'où sort ce comportement puéril, mais ça

s'arrête illico. Tu vas te faire tatouer sans dire un mot, et tu vas les remercier quand ce sera fini.

Je voulais lui arracher les yeux. Où était passé l'homme tendre qui voulait me protéger — et me faire mal, certes, mais seulement de façons qui me procuraient du plaisir ? Il était parti, remplacé par ce connard sadique pour qui seul comptait ce que pensait notre auditoire.

Donne un bon spectacle, peu importe comment tu te sens. Refoule tout ça bien profond en toi.

Peu importe que ce soit pourri de l'intérieur. De l'extérieur, on serait beaux.

On serait *parfaits.*

– Putain ce que je te déteste.

Il a reculé comme si mes paroles l'avaient blessé. Ha, elle était bonne celle-là. J'ai secoué la tête, fermé les yeux, et je me suis rallongée sur la table comme la sage petite poupée qu'ils payaient tous pour voir.

Mais j'allais survivre. Je détestais les aiguilles. En fait, je détestais la douleur physique. Le fait qu'Emmett ait réussi à me faire ressentir toutes ces sensations montrait à quel point il m'avait embobinée.

Eh bien, c'était fini, ces conneries. Ça se terminait là, maintenant, au moment même où l'aiguille pénétrait la peau sensible de ma hanche et que la vibration de la machine résonnait dans mes os. Mon corps s'est tendu, et je me suis efforcée de contenir mes cris. Putain de *merde* que ça faisait mal.

Mais pensais-je vraiment que le fait de me faire graver une putain d'étiquette de prix dans la peau ne serait pas douloureux ? J'ai gardé les yeux fermés alors que mes larmes coulaient. Et j'ai tiré de l'épreuve la seule satisfaction d'imaginer mon mascara parfait tracer des rivières noires sur mes joues.

– TON COMPORTEMENT inacceptable de ce soir mérite des sanctions, ai-je sifflé entre mes dents serrées, fournissant un effort surhumain pour garder mon calme.

– Je t'emmerde, toi et tes sanctions.

Bellamy s'est engouffrée dans la chambre et a envoyé valser ses escarpins.

– Et j'en ai marre de tes diktats pervers. Marre que tu me dises où m'agenouiller, quand sucer, quand jouir. Ça suffit.

– Bellamy...

J'espère qu'elle a perçu l'avertissement dans mon ton, car j'étais dangereusement proche de craquer et de dire ou faire une chose que je regretterais.

Mais elle m'a simplement fusillé du regard.

– J'arrive pas à croire que tu les as laissés faire ! a-t-elle rugi en regardant sa hanche. J'ai un tatouage à vie maintenant ! À vie !

– C'était une épreuve, Bellamy, ai-je dit, sentant la rage monter en moi, même si j'inspirais et expirais lentement à la recherche de ma paix intérieure. Et tu nous as fait honte à tous les deux.

Elle s'est détournée et a poussé un soupir.

– Honte ? Tu te fous de moi ? Tu t'inquiètes de notre attitude plutôt que de... (elle a de nouveau examiné son tatouage) du fait qu'on soit marqués à vie ! Pour moi, c'est *ton* comportement de ce soir qui est inacceptable.

Je me suis dirigé vers le bahut qui contenait la bouteille de whisky et les verres en cristal. J'avais sacrément besoin d'un verre.

– Qu'est-ce que tu espérais ? Que je te dorlote et caresse ta délicate petite main pendant une épreuve à laquelle tu t'es inscrite volontairement ? J'aurais dû t'appeler « chérie » et te traiter comme la princesse que tu as été toute ta vie ?

– Sale connard !

Elle a sorti des fringues d'une armoire et a foncé dans la salle de bain, claquant la porte derrière elle.

– Tu aurais pu au moins te comporter comme un être humain décent, a-t-elle crié à travers la porte.

– Si tu pensais que les épreuves d'Initiation seraient faciles, alors tu te fourrais le doigt dans l'œil. Je ne t'ai pas fait venir au manoir des Oléandres. Je ne t'ai pas forcée à accepter tout ça, ai-je hurlé en direction de la porte, énervé de ne pas l'affronter en face. Et je ne vais pas me disputer avec toi à travers une putain de porte !

Je me suis dirigé vers une chaise près de la cheminée, un whisky à la main, et j'ai décidé de l'ignorer pour le reste de la nuit. Nous n'arriverions à rien en étant tous les deux chauffés à blanc, et même si ça allait à l'encontre du principe même d'une relation dominant-dominé, je devais laisser pisser pour ce soir.

Elle a fini par sortir de la salle de bain, vêtue d'un legging et d'un débardeur. La simplicité de son apparence m'a rappelé à quel point elle était belle sans tous les effets spéciaux qu'étaient le maquillage et les robes de bal.

Mais je n'allais pas le lui dire maintenant.

– Et pour info, a-t-elle dit d'un ton beaucoup plus calme, le passage par la case salle de bain nous ayant donné à tous les deux le temps de décolérer, je ne m'attendais pas à ce que les épreuves soient faciles. Mais je m'attendais à avoir un partenaire dans l'histoire. Ce qui s'est passé ce soir était... violent.

Son accusation m'a fait l'effet d'une gifle en pleine face. On ne m'avait jamais accusé de violence de toute ma vie.

– Violent ? Tu te fous de moi ? En quoi ai-je été violent ?

– Tu m'as forcée à me faire tatouer.

– L'Ordre du fantôme d'argent t'y a forcée. L'épreuve d'Initiation t'y a forcée. Putain... notre situation de merde t'y a forcée. J'attendais simplement de toi que tu respectes l'engagement que tu as pris. Quand on est d'accord pour faire quelque chose, alors j'exige qu'on le fasse à la perfection.

Elle a rabattu la couette sur le lit et s'est couchée sur le côté.

– Oui, je sais, Emmett. Mais ton côté perfectionniste et ton besoin maladif de plaire aux Anciens et d'être le meilleur sont épuisants. Pourquoi est-ce que tu t'en soucies autant ? Qui se soucie du fait qu'on n'a pas été dociles comme des petits animaux de cirque ce soir ? Moi, en tout cas, je m'en branle.

– Je n'aime pas ta grossièreté, et j'aime encore moins ce que tu dis. Ta mère ne t'a pas appris à parler comme une dame ?

Mes mots ont semblé la gifler tout comme elle m'avait accusé de violence.

Elle est restée silencieuse pendant plusieurs secondes, et j'en ai profité pour boire mon whisky et essayer de me calmer. Je n'aimais être énervé, mais cette fille avait la capacité de me rendre fou.

– Je pensais que tu étais différent des autres, a-t-elle dit doucement. Mais tu es un connard comme tous les autres à Darlington. Tu ne penses qu'à ton image. Tu contribues à nourrir le mal qui ronge cet endroit. Ce que tu ne veux pas voir en face, c'est que tu ne t'intégreras jamais à la haute société. Jamais. Tu es un nouveau riche, alors que tes potes fortunés sont des fils de bonne famille. Tu essaies à tout prix de leur ressembler alors qu'ils se foutent de ta gueule dans ton dos. La vie que tu veux vivre est bidon. Tout est faux.

– C'est énorme venant de toi. Tu es la reine du factice. J'avais espéré que tu étais différente, Bellamy. Mais tu n'es qu'une belle du Sud pudibonde qui fait un caca nerveux quand les mecs ne lui mangent pas dans la main et ne la mettent pas sur un piédestal.

Des larmes ont perlé dans ses yeux, mais elle les a refoulées avant de s'énerver de plus belle.

– Tu es le même loser que tu étais au lycée, un mec qui se crève le cul pour que tout le monde l'aime. Tu n'étais pas à ta place à l'époque, et tu n'es certainement pas à ta place aujourd'hui. C'est pathétique. Tu n'as jamais eu de couilles, et en ce moment, la seule chose que tu montres aux Anciens, c'est ta faiblesse et ton manque d'estime. Tu veux tellement leur approbation que ça te rend lâche.

Incapable de contrôler ma rage plus longtemps, j'ai lancé le verre de whisky à travers la pièce. Des éclats de verre ont volé partout, et du liquide ambré a dégouliné sur le mur.

– Alors on arrête tout de suite, ai-je hurlé. Je n'ai pas besoin de toutes ces conneries.

Ses yeux se sont arrondis, mais elle n'a pas bougé du lit.

– On ne peut pas. On doit aller jusqu'au bout.

– Je n'ai pas besoin de ce fric et de ce stress, bordel. Et tu n'as pas non plus besoin d'argent. Alors inutile de nous torturer plus longtemps. J'en ai ma claque, dis-je en tournant comme un tigre en cage. Tu as raison sur un point. J'essaie de plaire aux Anciens parce que c'est le putain de but de cette Initiation. Mais j'en ai marre. Je sature. On arrête les frais.

Elle a levé la main, paniquée.

– Attends ! On ne peut pas abandonner.

J'ai souri en coin.

– Si, on peut.

Bellamy a inspiré à fond.

– On doit aller jusqu'au bout. On ne peut pas abandonner au milieu.

– Si, on peut.

L'idée de franchir la porte des Oléandres et de partir m'a soudain séduit. Décevrais-je mon père en ne devenant pas membre de l'Ordre ? C'est possible. Serait-ce un scandale et une honte ? Sans doute. Mais Sully avait échoué aux épreuves d'Initiation et il n'était pas devenu membre de l'Ordre. Et alors ? Ce n'était pas la fin du monde. Pourquoi cela me tenait-il tant à cœur ?

Je n'avais pas besoin de l'Ordre pour asseoir mes affaires, ma fortune, ou mon statut social. J'avais tout acquis par moi-même. Alors pourquoi continuer à m'infliger ce calvaire ?

Et le fait est que Bellamy avait raison. J'essayais tellement d'être le parfait élève que j'avais été toute ma vie que ça me consumait.

Eh bien, plus maintenant. Je n'avais pas à m'imposer ces conneries. Et rien ne m'obligeait à rester enfermé dans une chambre avec une fille qui ne m'a jamais aimé.

– Emmett… a dit Bellamy d'une voix beaucoup plus calme, comme si toute sa colère était tombée. On a une marque indélébile de l'Ordre maintenant. Et on est ici depuis si longtemps. Ce serait dommage d'avoir fait tout ça pour rien.

– Ouais, ai-je opiné. On a perdu notre temps.

Je me suis tu et j'ai admiré sa beauté. Même dans la tenue

la plus simple, le visage et le cou rougis par la colère, les cheveux ébouriffés, je n'avais jamais vu une fille aussi belle.

— Tu sais ce qui est le plus triste ? Je pensais qu'on commençait à avoir une certaine complicité. J'ai vraiment cru que toi et moi... (j'ai secoué la tête, détestant abattre mes cartes.) Ça n'a plus d'importance maintenant. Comme tu l'as souligné, tu es une fille de la haute société, et je suis un nouveau riche. Nos mondes ne se rencontreront jamais.

Sans un mot de plus, je me suis tourné vers la porte et je suis parti. J'entendais Bellamy m'appeler désespérément, mais je ne voulais plus discuter de ça. J'en avais marre de chercher à plaire. J'en avais marre d'essayer de prouver ma valeur aux autres. Fini.

CHAPITRE 12
BELLAMY

ENFOIRÉ D'ÉGOÏSTE. Le soir où il est parti il y a deux semaines, je ne savais même pas s'il avait abandonné les épreuves d'Initiation pour de bon ou s'il allait revenir. Je n'ai presque pas fermé l'œil de la nuit, et ça n'a pas arrangé les choses quand il est réapparu le lendemain matin.

S'est-il excusé ? A-t-il reconnu qu'il s'était comporté en beau salaud, ou essayé, *un tant soit peu,* de régler la situation avec moi ?

Non. Non, il n'a rien fait de tout ça. Il s'est assis à son bureau dans le coin et il a ouvert son laptop tout bonnement, l'air serein et reposé. C'est à peine s'il m'a regardée, à croire que c'était *lui* qui avait tous les droits d'être fâché contre *moi*.

Eh bien, je n'étais pas la garce en chef de mon lycée pour rien. Emmett pensait pouvoir me battre froid ?

Ha.

J'étais la reine des glaces.

Du coup, les deux semaines suivantes ont été plutôt... froides entre nous.

Il n'allait pas démordre, et je n'étais pas près de céder. Une politesse s'est donc installée entre nous. Et les Anciens étaient apparemment en vacances, car il n'y avait pas eu d'épreuves depuis non plus.

Ce qui me convenait. Très bien. À merveille, même. Je ne faisais qu'accomplir mon devoir ici, et je comptais les jours avant de pouvoir sortir.

À merveille, je vous dis.

Bon... d'accord, peut-être que si j'étais honnête avec moi-même...

Je commençais à flipper, bordel. Je ne m'étais jamais autant emmerdée de ma vie, ni ne m'étais sentie aussi claustro-phobe, ou en chaleur, ou enragée, du genre que j'avais envie de *foutre mon poing* dans quelque chose — et j'ai très souvent eu envie de foutre mon poing dans quelque chose dans ma vie.

Surtout dans la gueule de mon père, après sa mort. Mais bon, ce n'est pas un truc très gentil à dire quand quelqu'un meurt.

En fait, j'ai seulement appris combien il nous avait baisées maman et moi à ce moment-là, et je ne pouvais même pas castagner le fils de pute. J'étais sans doute surtout fâchée contre lui pour ça. Vivre sa vie comme bon lui semble, puis crever juste avant de devoir faire face aux conséquences. Tu parles d'un lâche !

Ils étaient tous pareils, n'est-ce pas ?

J'ai regardé Emmett les yeux plissés. Il bossait dans le coin comme d'habitude quand on a frappé à la porte.

Contente d'avoir quelque chose à faire, je me suis levée du lit d'un bond et je suis allée ouvrir, tombant sur Mme H. Le visage pâle, elle a essayé de me faire un sourire aimable en me tendant une boîte.

– Bonne chance, ma chère, a-t-elle dit avant de s'éloigner prestement dans le couloir.

Eh ben merde, c'était sinistre. C'était sans doute mon

imagination, mais j'avais l'impression de ressentir la douleur résiduelle du tatouage sur ma hanche. Il avait bien guéri, somme toute, mais j'étais encore fâchée d'avoir la marque permanente de l'Ordre sur moi. Ce n'est pas comme si j'avais le blé pour le faire effacer au laser.

Même si je réussissais les épreuves d'Initiation, je comprenais maintenant la valeur de l'argent, et je ne le dépenserais plus jamais sur des choses frivoles. Non, j'utiliserais ce fric pour rembourser mes dettes, et le reste serait investi dans des actions, pour que ma mère et moi n'ayons plus jamais à craindre de nous faire foutre à la porte de notre propre maison. Seule la banque savait que nous étions à deux doigts de la perdre, à cause de tous les paiements hypothécaires et fonciers manqués.

J'ai serré la boîte contre ma poitrine. Elle était plus large que d'habitude, mais pas trop lourde. Était-ce bon ou mauvais signe ?

Peu importe, car je comptais bien réussir l'épreuve de ce soir, et toutes celles d'après. En dépit de mon partenaire s'il le fallait.

Emmett avait au moins détaché les yeux de son laptop pour me regarder.

– Qu'est-ce qu'il y a dedans ?

J'ai ouvert le couvercle de la boîte, et malgré ma détermination à réussir quoi qu'il arrive, mon estomac a chaviré quand j'ai vu ce qu'il y avait à l'intérieur.

J'ai sorti le serre-tête orné d'une longue ramure argentée. Mes yeux ont trouvé Emmett quand il s'est levé de sa chaise. J'ai vu sa pomme d'Adam coulisser dans sa gorge alors qu'il regardait les bois.

Mais il a aussitôt retrouvé sa contenance.

– Eh bien, on dirait qu'il va y avoir une chasse ce soir.

Je n'ai pas pu m'empêcher de laisser échapper un glapissement, exprimant à la fois la peur et le choc. Une chasse ? Ils allaient... me *chasser,* putain ?

— Peut-être que ce n'est pas ce qu'on croit ? ai-je suggéré en passant le pouce sur les bois réalistes. C'est peut-être juste un truc fétichiste.

— Peut-être, a-t-il dit avant de se tourner vers l'armoire. D'une façon ou d'une autre, tu ferais mieux de commencer à te préparer.

— Oh, c'est vrai, ai-je dit avec un petit rire caustique. Comment oublier ? Il faut leur en mettre plein la vue.

Je me suis dirigée vers la salle de bain, mais il m'a attrapée par l'avant-bras en chemin, le regard sombre.

— Ne commence pas.

J'ai retiré mon bras.

— Je peux jouer le jeu. Ne t'attends juste pas à ce que je t'appelle maître, ai-je répliqué, grognant pratiquement.

Il s'est contenté de secouer la tête, la mâchoire crispée.

— Va te préparer, a-t-il ordonné en pointant la salle de bain.

Je me suis éloignée de lui à reculons.

— C'est ce que j'étais en train de faire. Et pas parce que tu me l'as dit !

J'ai claqué la porte de la salle de bain derrière moi.

———

Je pensais qu'Emmett essayait seulement de me foutre les boules en faisait allusion à une chasse. Jusqu'à ce que les Anciens nous conduisent à l'extérieur.

La plupart des nuits étaient encore chaudes vers la fin du mois de novembre en Géorgie, mais quand même. J'étais nue. En plus des bois, ils m'avaient donné des mules faites en ce qui semblait être de la peau de cerf, mais c'est tout. La ramure n'était pas très lourde sur ma tête ; elle n'était pas en plastique, mais en un matériau léger, et le serre-tête la retenait en place. Mais ça faisait quand même bizarre à porter, et je me demandais comment diable j'allais pouvoir *courir* avec ce truc sur la tête.

Le vent soufflait alors que je suivais le chef des Anciens dans l'escalier devant le manoir, Emmett et le reste des Anciens derrière moi. J'ai frissonné malgré moi en regardant tout autour. La lune était en quartier dans le ciel, mais mes yeux ne s'étaient pas encore ajustés à la noirceur après avoir été sous les lumières vives du manoir, et ma vision du sentier menant au lac et la forêt était un peu brouillée.

Plus que tout, je voulais enrouler les bras autour de moi, mais j'ai cru plus sage de ne pas montrer le moindre signe de faiblesse à la foule derrière moi. L'air était déjà chargé d'anticipation.

L'anticipation de la chasse.

Je sentais les graviers sous mes pieds, et ma mâchoire s'est serrée. Les mules étaient une farce. Elles ne me seraient d'aucune utilité contre les ronces et les branches dans la forêt.

Une fois tout le monde debout dans l'allée, le chef des Anciens a battu le pavé avec sa canne.

– Bienvenue à la Chasse à la biche argentée, a-t-il tonné. Et quelle exquise petite biche nous avons ce soir. Bien pulpeuse.

Il s'est penché et m'a caressé les fesses, puis il les a pincées si fort que j'ai lâché un cri en faisant un bond en avant, déclenchant des rires dans la foule.

L'Ancien a de nouveau frappé sa canne contre le sol jusqu'à ce que les autres se taisent.

– Les règles habituelles de la chasse sont en vigueur. Si notre petite Biche argentée peut éviter de se faire capturer avant l'aube, elle est libre. Mais sinon, une fois capturée...

(L'Ancien a souri de toutes ses dents et m'a regardée dans les yeux.) Tous les chasseurs qui le désirent se partageront le gibier.

Je me suis reculée en titubant légèrement.

– Personnellement, a-t-il continué en me suivant des yeux avec concupiscence, il y a longtemps que j'ai envie d'une petite biche bien pulpeuse, et j'aimerais bien assouvir cette faim.

Je tremblais sous son regard menaçant. Mon Dieu. Ce type avait été un *ami* de mon père. J'ai cherché du regard Emmett par-dessus son épaule, mais il fixait le sol sans la moindre émotion.

Bien sûr, il n'allait pas me défendre devant ces hommes dont il désirait tant le respect.

Et moi ?

Je n'avais pas le choix.

Pas d'autres choix que de faire face à ce que la nuit me réservait.

– Alors tu ferais mieux de courir, petite biche, a fini par chuchoter l'Ancien en tendant la main et me caressant la joue.

J'ai reculé, me faisant violence pour ne pas lui cracher au visage. Mon avenir résidait entre les mains de ces hommes. Je devais jouer le jeu.

– J'ai une longueur d'avance de combien de temps ? ai-je réussi à trouver la contenance de demander.

– Plus tu restes là à poser des questions idiotes, moins tu as de temps, a-t-il répondu.

Alors j'ai pivoté et j'ai détalé dans les ténèbres.

CHAPITRE 13
BELLAMY

J'AI ÉTÉ ÉDUQUÉE pour briller dans les soirées mondaines. J'ai pris des leçons de savoir-vivre. J'ai appris à flatter et à badiner. Et je savais comme exécuter une révérence parfaite, pour l'amour du ciel.

Mais cavaler dans les bois quasiment pieds nus, traquée par des chasseurs ? Ouais, ce n'était pas en haut de la liste des compétences acquises au cours de ma jeune vie.

J'étais ce qu'on appelle une *fille d'intérieur*. Même quand nous faisions du « camping » dans mon enfance, c'était du *glamping*. Ma mère refusait d'aller dans un endroit sans eau courante et sans électricité pour son fer à friser.

Je me suis enfuie loin du lac, parce que la pelouse était tondue dans cette direction, et qu'il serait facile de me repérer dans cet espace ouvert. Ce qui m'a conduite à l'arrière du manoir, où j'ai fini par arriver devant un cimetière. Un cimetière ! Comme si je n'étais pas assez effrayée par l'horreur de cette chasse à l'homme et par la pensée qu'après ma capture inéluctable, je me ferais passer dessus par un train de mecs. Même pas des inconnus, des hommes que j'ai connus toute ma vie !

Je n'étais pas une bonne sprinteuse, mais cette pensée m'a stimulée. J'ai contourné le cimetière et je me suis enfoncée dans les bois.

Mais comme je m'y attendais, ces stupides mules n'ont pas résisté au terrain accidenté. En plus, les bois de cerfs se coinçaient dans les branches. J'avais une main en l'air pour les tenir et une autre à ma cheville pour essayer de garder la pantoufle alors que je trébuchais dans la forêt.

Mes yeux se sont adaptés à la pénombre, mais bon sang, ils étaient probablement à mes trousses, et tout serait terminé aussi vite que ça avait commencé si je continuais à ce rythme.

J'ai regardé l'étrange forêt tout autour de moi. Peut-être que je pourrais grimper dans un arbre et attendre qu'ils se lassent de me chercher ? Mais il n'y avait que des pins autour de moi, et les premières branches se trouvaient à deux mètres de hauteur. Mon estomac a chaviré et j'ai eu envie de pleurer.

Mais j'avais appris depuis longtemps que rester prostrée et pleurer ne servait à rien. C'était la solution de ma mère. Des mois à rester enfermée dans sa chambre. À dépérir, à ne pas manger sauf si je l'y obligeais. Le regard mort d'une femme qui avait abandonné.

En rentrant de l'école ce jour-là, je l'avais trouvée évanouie sur le sol, sans vie, des pilules éparpillées autour d'elle.

J'ai serré la mâchoire.

Jamais.

Je n'abandonnerais jamais.

Alors j'ai oublié l'idée de porter ces stupides mules et j'ai couru. J'ai couru à travers les bois, même si des pierres et des bâtons me coupaient la plante des pieds, les chaussons n'étant plus là depuis longtemps.

J'ai chassé la douleur de ma tête, et j'ai écarté les branches de mon chemin. J'ai persévéré alors que je n'avais plus d'énergie en moi.

Et quand j'ai entendu des bruits derrière moi, des voix appeler et un sifflement aigu, j'ai couru encore plus vite.

Ils me rattrapaient.

Je ne pouvais pas continuer comme ça. Ils avaient de vraies chaussures. J'ai regardé tout autour de moi et, au loin, quelque chose a scintillé. Bon sang, c'était le lac.

Mais d'après le bruit derrière moi, la plupart d'entre eux devaient fouiller la forêt. Ils savaient manifestement que c'était là que je me trouvais.

Qu'avais-je à perdre ?

Alors je me suis dirigée vers le scintillement. Quel soulagement de sortir des bois ! J'ai senti que je respirais à nouveau, à l'air libre, car la forêt me rendait claustrophobe.

Au moins d'ici, le lac n'était pas loin. Je ne serais pas exposée à la vue trop longtemps. J'ai couru comme une dératée. Un rapide coup d'œil derrière moi m'a rassurée ; personne ne me suivait. Je me suis agenouillée, j'ai rampé sur les derniers mètres jusqu'au lac et je me suis glissée dans l'eau fraîche.

J'avais trop chaud à cause de mon sprint continu, alors entrer dans l'eau boueuse au bord du lac m'a fait du bien, même si le choc thermique m'a surprise. J'ai cligné des yeux, mais j'ai continué de me glisser dans l'eau.

Quand tout à coup, le fond du lac s'est dérobé. J'avais prévu... je ne sais pas... juste de patauger et de m'accroupir là où j'avais pied. J'aurais dû me douter que le lac était profond...

Mais alors que je me débattais dans l'eau, je n'avais plus rien à foutre d'être discrète. Je n'avais pas pied. Oh merde, je n'avais pas pied !

J'ai bu la tasse, toussé, avalé encore plus d'eau. Oh merde, merde, où était le fond ? Je tâtonnais avec mes jambes, mais je ne sentais que des roseaux et des plantes visqueuses. Plus je m'agitais, plus je m'enlisais.

J'ai plongé sous l'eau, mes cheveux et ces foutus bois m'entraînant vers le bas. J'ai crié dans l'eau, ce qui m'a fait encore boire la tasse. Putain, pourquoi je n'avais pas appris à nager ? Pourquoi j'avais pensé que le lac était une bonne idée, alors que je ne savais pas nager ?

Putain, qu'est-ce qui m'avait pris ? J'allais mourir ! J'allais mourir pour un putain de jeu pervers et malsain.

Paniquée, je suis remontée à la surface et j'ai aspiré une goulée d'air avant de redescendre, bas, bas, bas.

Eh bien, il avait réussi finalement.

Mon père allait finir par tous nous tuer, n'est-ce pas ?

CHAPITRE 14
EMMETT

JE NE POUVAIS PAS COURIR ASSEZ VITE.

J'avais beau accélérer le mouvement de mes jambes, je voyais, impuissant, la tête de Bellamy s'enfoncer sous l'eau.

Elle allait se noyer si je n'arrivais pas à temps. Je voyais la scène se passer à distance et je craignais d'être trop loin pour l'atteindre à temps. Mais alors que je plongeais dans le lac et repêchais son corps sous l'eau, j'ai été soulagé de la voir se débattre dans les roseaux qui l'emprisonnaient.

Elle était vivante. Elle se battait.

L'arrachant à l'emprise du lac, je l'ai remontée à la surface, puis je l'ai déposée sur la rive. Nous étions tous les deux à court d'air en atteignant la terre ferme.

J'ai pris son visage dans mes mains et je l'ai regardée dans les yeux.

– Ça va ?

J'ai dégagé les mèches de cheveux humides de son visage pour m'assurer qu'elle ne s'était pas cogné la tête ou coupée sur une pierre.

Elle s'est mise à pleurer, mais elle a hoché la tête.

– J'ai cru que j'allais mourir. Je me serais noyée si tu…

– Chut. Tu es saine et sauve.

Je l'ai apaisée en la serrant dans mes bras. Elle tremblait comme une feuille.

– Je vais te ramener à l'intérieur et te réchauffer.

Elle était toute nue, la ramure ayant disparu depuis longtemps dans le lac, et je n'avais rien de chaud à lui offrir, car mes vêtements étaient trempés.

Elle sanglotait, cramponnée à mon cou.

– Je n'ai jamais eu aussi peur.

Je lui ai embrassé les cheveux en lui frottant le dos pour la réchauffer.

– Je sais. Mais c'est fini maintenant, et je vais m'occuper de toi.

– Je dois me cacher. La chasse est...

– Est terminée, ai-je dit fermement. C'est allé trop beaucoup loin. Tu as failli mourir.

– Tiens, tiens, s'est élevée une voix dans mon dos. On dirait que tu as trouvé notre biche.

Je me suis tourné et j'ai vu les Anciens arborant un sourire de victoire sur leurs tronches ridées de grands malades.

– Elle a failli se noyer, ai-je gueulé en nous relevant, Bellamy et moi. Considérez cette épreuve comme terminée.

Nous étions trempés, boueux, et je n'avais plus aucune patience.

– Les règles sont simples, a déclaré un Ancien. Si on attrape la biche avant l'aube, on se la partage.

– Elle n'a pas été attrapée, ai-je répondu la mâchoire serrée. Elle a été sauvée. Par moi. Si je n'étais pas arrivé à temps, vous auriez tous un cadavre sur les bras ce soir.

Bien que, à l'instant même où j'ai prononcé ces mots, j'ai réalisé que Bellamy n'était probablement pas le premier cadavre dont ils avaient dû se débarrasser depuis qu'ils étaient dans l'Ordre. Avec la dangerosité de certaines de ces épreuves, il était impossible qu'aucun décès ne survienne. Les Anciens disposaient du pouvoir et des ressources nécessaires pour étouffer ce genre d'incident.

– Les règles sont faites pour être suivies, a dit un autre Ancien en reluquant le corps de Bellamy de la tête aux pieds. Qui veut être le premier à goûter la chair fraîche ?

J'ai senti le corps de Bellamy se tendre à côté du mien, mais elle est restée silencieuse, encore en train de reprendre son souffle.

– Je l'emmène à l'intérieur pour la réchauffer avant qu'elle ne tombe en hypothermie.

Je me suis retourné, mon bras serré autour d'elle, et je ne me suis pas arrêté pour écouter leurs protestations.

– Emmett…

– Fin de la discussion, ai-je conclu en m'éloignant. Bellamy et moi avons réussi chacune des épreuves haut la main. Ce n'est pas notre faute si cette épreuve était mal organisée. Vous avez mis sa vie en danger, et plutôt que de poursuivre l'Ordre pour sa négligence, je préfère ramener ma belle dans la chambre.

Je doutais sérieusement que mes actions nous fassent échouer à l'Initiation, mais même si c'était le cas, je m'en foutais. Une femme avait failli mourir ce soir, et je n'allais certainement pas la laisser se faire agresser sexuellement dans son état.

En vérité…

Ça me rendait malade de penser qu'un autre homme puisse la toucher.

Non… elle était à moi. Même si c'était temporaire, le temps de notre séjour au manoir, et même si nous pouvions à peine nous regarder ces dernières semaines… elle m'appartenait et je ne laisserais personne lui faire du mal.

– Merci, a-t-elle soufflé lorsque nous sommes arrivés dans la chambre.

– J'ai couru aussi vite que j'ai pu...

– Pas seulement pour m'avoir sauvé la vie, m'a-t-elle interrompu, mais aussi pour m'avoir défendue. Personne ne m'a jamais défendue dans ma vie. Jamais. Ils m'auraient tous violée sans ton intervention.

– Je ne les aurais jamais laissés faire. Jamais. Personne ne te touchera à part moi.

J'ai pris une couverture, mais j'ai réalisé qu'une douche chaude serait préférable, vu qu'elle était glacée jusqu'aux os et couverte de boue. Sans dire un mot, je l'ai conduite à la salle de bain et j'ai ouvert le robinet. Pendant que l'eau chauffait, je me suis débarrassé de mes propres vêtements trempés et sales, car je devais me réchauffer tout autant qu'elle.

– Viens, ai-je dit, en lui tendant la main alors que je testais la température de la douche. Débarrassons-nous de la saleté de cette horrible nuit.

Elle s'est arrêtée un moment, son corps frissonnant paraissant si petit et si frêle, comme si elle hésitait à se retrouver dans une situation aussi intime avec moi. Mais avant que j'aie à insister, elle a pris ma main et m'a laissé la guider sous le jet d'eau.

Nous étions tous les deux debout, peau contre peau sous la chaleur, tandis que la crasse du lac et de la rive coulait sur nos corps. La lèvre de Bellamy tremblait, et je pouvais voir des larmes couler de ses yeux.

Je l'ai prise dans mes bras.

– C'est normal de pleurer. Tu as traversé une épreuve vraiment traumatisante.

Elle a secoué la tête tandis que l'eau chaude se répandait tout autour de nous.

– Je refuse de les laisser me foutre en l'air. Je refuse d'être l'une de leurs belles brisées, putain. Je ne suis pas faible.

Resserrant mes bras autour d'elle, j'ai répondu :

– Tu es loin d'être faible. Tu es l'une des femmes les plus fortes que je connaisse. Mais ici et maintenant, loin des yeux des Anciens, tu peux baisser la garde. C'est normal de...

– Je vais bien, a-t-elle rétorqué avant que sa voix se brise. Je...

Elle a appuyé son front contre ma poitrine et s'est mise à sangloter.

– C'est bien, l'ai-je apaisée, car je savais qu'elle avait besoin de craquer.

Je ne pouvais pas imaginer à quel point elle avait dû être effrayée, et alors que l'adrénaline se dissipait, j'étais sûr que l'horreur de cette soirée allait la frapper de plein fouet.

– Je ne sais pas comment ma vie a pu devenir aussi merdique, a-t-elle bafouillé contre ma peau mouillée entre deux sanglots.

– Ta vie est belle. Souviens-toi juste que...

– Non. Ma vie est nulle. Elle l'a toujours été.

Je savais qu'elle était bouleversée et son émotion se justifiait. Plutôt que de minimiser ses paroles, j'ai pris le shampoing et j'ai fait mousser ses cheveux. Elle s'est d'abord crispée, puis a pratiquement fondu dans mes bras tandis que j'éliminais toute trace de cette nuit dans le siphon.

– Tu crois que les Anciens vont nous éliminer ? Tu crois qu'on va nous demander de partir ? a finalement demandé Bellamy lorsque ses larmes se sont taries et que son corps a cessé de trembler.

J'ai rincé l'après-shampoing dans ses cheveux et j'ai pris le gel douche pour lui frotter la peau, maintenant qu'elle semblait mieux accepter mon contact.

– Non. Je pense qu'on ne les a pas déçus jusqu'à présent,

loin de là. Mon père est un membre que les Anciens respectent, ce qui me confère un certain pouvoir. En plus, il est impossible que d'autres Initiés n'aient pas flanché aux épreuves auparavant. Je dirais qu'on a droit à une certaine grâce. Et même s'ils nous mettent dehors, ni toi ni moi n'avons *besoin* de la prime. On a la chance d'être maîtres de notre destin.

Bellamy s'est crispée et s'est éloignée du jet d'eau. Je ne sais pas si c'est à cause du discours des Anciens ou du fait que je venais de caresser son corps avec mes mains savonneuses, mais j'ai eu l'impression qu'elle en avait assez de la douche à deux.

J'ai coupé l'eau, j'ai pris deux serviettes et je lui en ai tendu une.

– Je vais allumer un feu, et on pourra se mettre au lit et se réchauffer.

Elle n'a rien dit, paraissant mélancolique, mais calme. Au moins, elle ne pleurait plus, et elle était au chaud et en sécurité dans notre chambre.

En revenant dans la pièce, une bouilloire et des tasses de thé nous attendaient. Mme H. avait dû avoir vent de ce qui s'était passé et voulait nous offrir un peu de réconfort et de soutien. J'ai servi une tasse à Bellamy pendant qu'elle s'habillait. J'ai enfilé un pantalon de survêtement et j'ai entrepris d'allumer un feu de cheminée pour réchauffer encore plus notre chambre.

– Je ne veux plus me disputer avec toi tant qu'on est ici, a-t-elle dit tout bas derrière moi.

J'ai hoché la tête en empilant des buches dans l'âtre.

– Moi non plus. Ça a mal tourné, et je m'en excuse. J'ai dit des choses cruelles que tu ne méritais pas.

– On a tous les deux dit des choses qu'on n'aurait pas dû dire.

– Et tu avais raison, ai-je avoué alors que le feu s'enflammait.

Je suis retourné vers le lit et me suis glissé à côté d'elle.

– Je suis un perfectionniste. Je me soucie de ce que les gens pensent. Je me défonce au point que ma réussite devient une obsession maladive parfois. Et je sais que je t'ai entraînée dans mon exigence de perfection. Pour ça, je suis aussi désolé.

– J'ai dû être parfaite toute ma vie, a-t-elle répondu en finissant sa tasse de thé. Alors je comprends.

– Mais je n'aurais pas dû être l'une de ces personnes exigeantes dans ta vie. Je n'aurais pas dû attendre de toi que tu sois autre chose que la Bellamy que je... que j'aime. Tu es parfaite. Tu n'as pas besoin de faire d'efforts.

Je ne voulais pas que ma confession coule aussi facilement, mais maintenant que j'avais admis ma vérité, il n'y avait pas de retour en arrière.

Bellamy a étudié mon visage pendant plusieurs secondes.

– Je veux que tu sois toi-même avec moi, Emmett. J'aime l'homme que tu es. Tel que tu es.

Elle a pris la tasse de thé vide sur la table de nuit et l'a remplie avant de me la tendre.

– On fait une trêve ? a-t-elle proposé. On ne se bat plus l'un contre l'autre. On combat nos ennemis ensemble à partir de maintenant.

J'ai bu une gorgée de thé en regardant le feu lécher le bois d'une manière hypnotique.

– D'accord. On a presque fini les épreuves. Je pense que les terminer en faisant équipe est sage. On a traversé l'enfer pour en arriver là, et on est tout près de la fin.

J'ai posé la tasse et j'ai tourné mon corps pour lui faire face.

J'ai envisagé de l'embrasser. Mon Dieu, je voulais l'embrasser.

Mais je ne voulais pas aller trop loin. Elle avait vécu beaucoup de choses ce soir, et je ne voulais pas que la soirée tourne autour de moi et de mes envies. Je voulais qu'elle se sente en sécurité. Au moins avec moi. Oui, je voulais qu'elle se sente en sécurité avec moi.

– Ça n'a pas été l'enfer, a-t-elle dit en bâillant. Je suis heureuse d'avoir pu rencontrer le vrai Emmett. Pas le garçon du lycée, ou le riche homme d'affaires que je ne vois qu'aux soirées mondaines. Je suis heureuse de t'avoir enfin rencontré.

– Je suis heureux de t'avoir choisie, Bellamy. Je ne pense pas te l'avoir déjà dit, et je sais que je ne l'ai pas toujours montré. Mais je suis vraiment heureux de t'avoir choisie.

Elle a souri chaleureusement et s'est blottie dans son oreiller, remontant les couvertures jusqu'au menton. Elle a bâillé de nouveau alors que ses paupières s'alourdissaient.

– Bonne nuit, Emmett. Je suis heureuse que tu m'aies choisie aussi.

CHAPITRE 15
BELLAMY

LE LENDEMAIN MATIN, tous mes membres étaient endoloris, et j'avais le cerveau embrumé comme si j'avais fait la fête la veille.

– Bonjour, marmotte, a dit Emmett quand je me suis retournée en me frottant les yeux.

Il était dans le lit à côté de moi avec son laptop ouvert, et il me souriait.

Mon cœur a fait une virevolte étrange en voyant qu'il était là au lieu d'être à son bureau.

J'ai regardé autour de moi en plissant les yeux.

– Quelle heure est-il ?

– Presque dix heures.

Je me suis assise et j'ai dégagé les cheveux de ma figure.

– Mince, j'arrive pas à croire que j'ai dormi si longtemps.

Il a fermé son laptop.

– Tu avais besoin de récupérer. J'ai dit à Mme H. de retarder le petit déjeuner.

– Oh. Merci.

J'ai cligné des yeux en ramenant une jambe contre ma poitrine et en l'encerclant des bras.

– T'as faim ?

J'ai réfléchi une seconde, puis hoché vigoureusement la tête. Oui, j'étais affamée.

Il s'est levé.

– Super. Je vais lui dire qu'on arrive pendant que tu t'habilles.

J'ai hoché la tête, encore un peu abasourdie par sa sollicitude après notre guerre froide de deux semaines. Il a disparu de la pièce, et je me suis précipitée dans la salle de bain.

Dix minutes plus tard, nous étions assis dans le coin petit déjeuner qui donnait sur le parc, et Mme H. nous servait des scones et de la crème.

– Les œufs et le bacon arrivent, a-t-elle dit.

Emmett a hoché la tête.

– Merci.

J'ai pris un scone en me sentant intimidée, ce qui ne me ressemblait pas.

Après le départ de Mme H., j'ai regardé Emmett de l'autre côté de la table. Il était impeccable et bien habillé, comme toujours. Il portait une chemise amidonnée et un pantalon... Armani, apparemment.

J'avais enfilé un sweatshirt et un legging. J'ai attrapé un scone et l'ai mis dans mon assiette.

– Donc, euh, je ne suis pas sûre de l'avoir dit la nuit dernière, car c'est flou, ai-je commencé en le regardant dans les yeux. Mais merci. Merci à toi. Je le pense vraiment. C'est, euh... (j'ai baissé les yeux vers mon assiette et je me suis raclé la gorge.) Ça me touche que tu m'aies défendue. Et que tu m'aies sauvé la vie, évidemment.

Mes joues se sont enflammées quand j'ai levé les yeux vers lui.

– Tu vaux la peine d'être défendue.

Merde, il allait me faire pleurer.

Il n'avait pas l'air embarrassé ou gêné pour autant. J'ai avalé plusieurs gorgées de jus d'orange pour maîtriser mes émotions. Qu'est-ce qui me prenait ? J'avais eu une expérience de mort imminente, et maintenant j'étais une mauviette pleurnicharde ? C'était ça ?

J'ai secoué la tête et je me suis assise plus droite.

– Bref, j'apprécie. Alors, merci.

Il m'a souri, et pour une fois je me suis autorisée à le fixer.

– T'es tellement différent de ce que je pensais.

Il a roulé des yeux, et sa mâchoire s'est crispée.

– Donc j'ai fini par te convaincre que je ne suis pas un gamin ingrat qui a besoin de l'approbation de tout le monde ?

J'ai expiré.

– OK, je l'ai mérité.

Mais il a secoué la tête rapidement.

– Je suis désolé. On a vidé notre sac hier soir. Je ne suis pas un mec rancunier.

Ce qui m'a fait éclater de rire.

– Ah ouais ? C'est pas grave. Je respecte une rancune justifiée.

Les coins de sa bouche se sont relevés.

– J'ai peut-être aussi porté des jugements hâtifs sur toi au fil des ans.

– Alors parle-moi de qui tu es maintenant. J'ai rencontré Emmett le Maître. Mais pas Emmett *l'homme*. Que fais-tu pendant ton temps libre ?

J'ai mis une grosse bouchée de scone dans ma bouche alors qu'il haussait les épaules.

– Que dire ? Je travaille avec mon père à la tête d'une multinationale d'énergie renouvelable.

– Et ça te passionne, n'est-ce pas ? Si je me souviens bien, tu t'intéressais aux maths et aux sciences quand tu étais plus jeune.

Ses sourcils se sont un peu froncés.

– Tu remarquais ce que je faisais à l'époque ?

J'ai roulé les yeux.

– Ben, tu avais toujours un Rubik's cube avec toi. Et tu faisais des concours de maths ou quelque chose comme ça ?

Il a admis avec regret.

– J'ai été finaliste du concours national de mathématiques mes trois dernières années de lycée.

J'ai ri aux éclats.

– Exactement.

Il a levé les yeux au ciel.

– Eh ben, je savais comment impressionner les poulettes.

– Les lycéennes sont des godiches. Moi la première.

Je l'ai regardé dans les yeux, espérant qu'il comprenait ce que je ne disais pas.

J'avais été une sacrée garce avec lui à l'époque. Mais ce n'était pas qu'avec lui. Emmett n'était pas le seul à croire que l'habit fait le moine. Il fut un temps où je voulais tellement sauver les apparences que passer pour une garce était infiniment préférable à la pitié et au mépris que j'aurais pu inspirer si quelqu'un avait su la vérité. C'était le mécanisme de défense d'une adolescente effrayée.

J'ai ouvert la bouche pour essayer de lui expliquer, mais il était déjà en train de parler.

– Ouais, eh bien, ce n'est plus un problème. Maintenant, j'ai le problème inverse.

J'ai froncé les sourcils.

– Qu'est-ce que tu veux dire ?

Il a poussé un long soupir.

– Tu connais les mères de Darlington. Sais-tu à combien de brunchs du dimanche j'ai assisté où elles essayaient désespérément de trouver le mari idéal pour leur fille ? Et pas seulement ici. À Atlanta, les femmes prononcent mon nom de famille avec des dollars dans les yeux. Ça me dégoûte.

J'ai hoché la tête, sentant mes joues chauffer alors que j'enfonçais un scone dans ma bouche.

– Ça craint.

Il a opiné en regardant au loin par la fenêtre.

– Ma mère a rencontré mon père avant qu'il soit riche, quand il n'était qu'un jeune diplômé du MIT qui en chiait pour rembourser ses prêts étudiants. C'est l'une des choses dont j'ai toujours été jaloux. Il sait qu'elle l'aime juste pour *lui*, tu comprends ?

Ses yeux sont revenus vers moi, et j'ai hoché la tête, la bouche encore pleine.

– C'est tellement rare dans ce monde. Tous ces gens ici… (il a fait un geste autour de nous, et j'ai su qu'il parlait de l'opulence du manoir.) C'est tellement faux. Ils se servent les uns des autres. Tout est transactionnel.

J'ai avalé le scone, puis j'ai pris mon verre de jus. Après avoir bu une grande gorgée, je l'ai regardé à nouveau.

– Je ne peux même pas imaginer le genre de relation qu'ont ton père et ta mère. C'est complètement différent de la façon dont j'ai grandi avec mes parents. Enfin, j'aime croire qu'à un moment donné, ils s'aimaient… ai-je dit d'un filet de voix. Mais à la fin… (j'ai secoué la tête.) Mon père voyageait si souvent pour ses affaires que je le voyais à peine.

– Je suis désolé. Et je te présente mes condoléances. Il est mort il y a quelques années, non ?

J'ai secoué la tête, refusant sa sympathie.

– Ce n'est pas grave. Il n'était pas si génial que ça. (C'était l'euphémisme du siècle.) Bref, on m'a élevée pour être comme ma mère, la jeune fille parfaite capable de séduire le mari idéal. L'éducation est détraquée ici.

– Alors c'est pour ça que tu fais cette expérience ? a-t-il

demandé, son front plissé trahissant sa curiosité. Pour te moquer des convenances ?

– Plus ou moins, ai-je dit en baissant les yeux vers mon assiette, parce que même si nous étions honnêtes l'un envers l'autre, je n'en étais pas fière.

L'homme assis en face de moi était un *milliardaire*. Et j'allais lui avouer que je n'avais rien ? *Moins* que rien ? Je n'avais même pas de diplôme universitaire.

Et j'ai bien vu le dégoût sur son visage quand il a parlé il y a juste une minute des croqueuses de diamants.

Il me respectait parce qu'il pensait que j'étais ici par esprit de rébellion. Il pensait que nous étions sur un pied d'égalité.

– Tu vas continuer à jouer la femme mystérieuse ?

J'ai noté la frustration dans sa voix. Mais tout ce que j'ai pu faire, c'est prendre un autre scone, sourire timidement et hausser les épaules, tandis qu'intérieurement, une partie de moi s'effritait.

———

Pourtant, c'était un tournant. Je ne dirais pas qu'on est redevenu comme avant. Non, nous n'avons pas repris les rôles de dominant-dominé vingt-quatre heures sur vingt-quatre.

Mais après son travail, ou pendant les déjeuners prolongés, nous... *jouions*.

Le mois suivant a passé bien moins péniblement que je ne l'aurais cru. Il y a eu quelques épreuves, mais elles n'étaient pas désagréables. Les Anciens avaient peut-être décidé d'y aller doucement après l'épreuve désastreuse de la chasse à l'homme — la clémence ne leur ressemblait pas du tout, mais bon, je ne me plaignais pas.

Descendre dans la salle de bal pour participer à une orgie ne me dérangeait pas. Surtout quand ça semblait exciter

Emmett. Tant qu'il ne me partageait pas, son moi dominant semblait prendre plaisir de montrer à tous ces voyeurs jusqu'où il pouvait me pousser — et me faire supplier pour ça.

Et quand on s'entendait bien comme en ce moment, bon sang, le cul était divin.

Les six premières semaines au château, je ne savais jamais si Emmett allait interrompre son travail pour les repas, mais depuis la chasse, il prenait toujours le temps de manger avec moi. Surtout le petit déjeuner. Parfois, nous passions deux heures à table à discuter et à lire le journal ensemble, à faire les mots croisés, à rire des dessins humoristiques. Il était toujours sympa pour les mots croisés, qu'il devait pouvoir faire les yeux fermés, car il me laissait réfléchir aux définitions avant de suggérer une réponse qu'il connaissait probablement depuis le début.

Je n'avais jamais réalisé, avant de connaître Emmett, qu'un homme pouvait être un compagnon aussi gentil tout en étant l'amant le plus cochon, sexy et dominant que j'aie jamais connu.

Ce matin, par exemple.

Je dormais. Une chose que j'aimais bien ici, c'était la grasse matinée. Ma mère ne me laissait jamais faire la grasse matinée à la maison, même si j'étais une femme adulte. Elle frappait à ma porte à des heures indues le matin, en se lamentant sur le fait que nous n'avions même plus de bonne pour nous faire cuire des *œufs* et que nous étions *affamées* maintenant ! Et elle continuait de pleurnicher jusqu'à ce que je sorte mon cul du lit et descende faire du café et préparer un semblant de petit déjeuner avec ce qui restait dans le garde-manger.

Mais je dois dire qu'être réveillée par de doux baisers dans la nuque ne me dérangeait pas.

Il faisait jour, Emmett m'avait laissée dormir, même si je savais qu'il aimait se lever tôt.

J'ai souri en remuant mes fesses contre lui et... oh ! J'ai souri encore plus. Oui, il était bien réveillé.

Mais lorsque j'ai essayé de me retourner pour l'envelopper dans mes bras, il a attrapé mes poignets et m'a poussée vers l'avant, sa poitrine toujours contre mon dos. Ses bras se sont enroulés autour de moi et ses mains sur mes poignets se sont rapprochées de mes seins jusqu'à ce que je sois entourée de tous les côtés par son corps.

Son gland s'est glissé entre mes jambes, et je me suis ouverte à lui, le souffle coupé. Même après des semaines, son contact m'excitait toujours autant. Je ne me lassais pas de cet homme. Je ne pouvais pas imaginer que baiser avec lui me gonfle un jour.

Ses mains se sont resserrées sur mes poignets tandis qu'il avançait les hanches, s'enfonçant dans ma chatte d'un seul coup.

— Tu es si belle quand tu te soumets corps et âme à moi, a-t-il dit en me serrant plus fort contre lui, allant et venant en moi. Ça me donne envie de te baiser comme un fou, de t'emmener dans un endroit que tu adoreras — un endroit où on ne pense plus à rien et où on se sent totalement libres dans le plaisir.

Je n'ai pu que gémir d'une voix quémandeuse.

— *S'il te plaît.*

C'était encore tôt le matin, et j'étais à moitié endormie, mais me réveiller avec cette idée, mon maître dominateur qui voulait m'emmener au sommet de la montagne avec lui, tout en jouant avec mon corps comme un maestro, oh mon Dieu, oui, s'il te plaît, je voulais faire ce voyage sur les cimes du plaisir.

J'ai senti son sourire derrière moi, car les poils de ma

nuque étaient hérissés. Puis sa voix était un souffle chaud à mon oreille, tous les deux toujours sur le côté.

– Tes désirs sont des ordres.

Il m'a tringlée rapidement plusieurs fois encore, puis lentement, de sorte que nous entendions tous les deux le bruit de sa bite glissant contre les plis lisses et mouillés de ma chatte. C'était obscène. Entendre ce clapotis lubrique m'a fait gicler plus de cyprine, inondant son chibre dont je sentais chaque centimètre en moi, son gland épais frappant toutes mes zones érogènes internes.

Il a lâché un de mes poignets pour m'attraper la cuisse, la lever et plier mon genou pour pouvoir s'enfoncer encore plus loin en moi.

Il m'a regardée dans les yeux tandis que je tournais la tête vers lui. Quand nos regards se sont croisés, il a souri.

– Rappelle-toi juste que tu me l'as demandé, princesse.

Il s'est retiré, repositionné et m'a pénétrée à nouveau, mais cette fois dans un autre trou.

J'ai crié et me suis crispée de surprise.

– Détends-toi, a-t-il murmuré en m'embrassant la nuque. Tu peux me prendre. On le sait tous les deux. Détends-toi et laisse-moi entrer. Soumets-toi et laisse-moi prendre le contrôle.

Soumets-toi. Pendant une seconde, je me suis contractée, puis je me suis détendue alors qu'il continuait de parler, et je me suis laissée bercer par les riches basses de sa voix. Plus je me relâchais, plus il gagnait du terrain, se pressant contre moi, me possédant.

Et tandis que je lâchais prise et qu'il me bourrait le cul, le plaisir m'a électrisée. Une onde a parcouru mon aine jusqu'à mon clitoris, et mon corps s'est mis à chanter alors que je pressais mes cuisses l'une contre l'autre, secouée de spasmes, mon rectum se contractant autour de la bite d'Emmett.

– Putain, *oui*, c'est bien. Donne-toi à moi. Comprime ma bite, putain. Casse ma bite, princesse. Putain de merde, t'es tellement serrée. Je peux à peine bouger tellement t'es chaude et étroite. C'est le truc le plus bandant que...

Sa main a lâché ma cuisse pour migrer vers ma chatte trempée. Au début, il a seulement lubrifié sa queue de ma jute pour s'enfoncer plus loin en moi.

Puis il m'a doigtée et s'est mis à bouger le doigt, comme s'il se caressait la bite à travers ma paroi. Même si je savais que chaque geste d'Emmett était calculé et que ce n'était probablement qu'une torture de plus, j'ai aimé ce contact doux et invasif de son doigt épais qui m'explorait la chatte, et puis, oh, deux doigts maintenant.

Mais ce n'est que lorsqu'il a pressé sa paume sur mon clitoris avec trois doigts en moi qu'un feu d'artifice a explosé comme un foutu quatorze juillet.

Je me suis tortillée, j'ai crié et je me suis plaquée contre la main d'Emmett pendant qu'il me sodomisait. Oh la vache, tant de zones étaient stimulées en même temps.

L'orgasme semblait se propager à partir de mon coccyx. Ça faisait presque mal tellement c'était fort. Et soudain, une putain d'extase. Mais Emmett n'allait pas s'arrêter là.

Il a fait monter mon plaisir d'un cran, baisant vigoureusement mon cul, m'écartant et me profanant l'anus, m'ouvrant la chatte avec sa main pour y enfoncer l'index et tracer des cercles sur ce fameux point qui... ohhh...

Je crois avoir hurlé de plaisir quand une lumière aveuglante m'a frappée. J'ai inspiré. Peut-être que j'ai expiré. Peu importe. J'étais au Nirvana et j'allais surfer sur cette vague, surfer sur mon homme, baiser sans retenue comme les animaux que nous étions. Merde, j'en voulais toujours plus avec lui. Oh mon Dieu, quel pied, quel putain de pied !

———

Donc, ouais. Hum, hum. C'était ce matin. Et on était le soir, mais bon sang, mes jambes tremblaient encore rien qu'en y pensant. Ça s'était passé avant l'arrivée de la boîte au petit déjeuner. Emmett ne m'aurait pas baisée aussi bien ni laissée avoir autant d'orgasmes s'il avait su le programme de la soirée, alors je bichais en douce.

Quand Emmett et moi ne nous disputions pas, nous nous entendions très, *très* bien.

Dans la boîte de ce soir, il y avait un vêtement pour moi, pour une fois. Enfin, un kimono en soie m'arrivant à mi-cuisse. C'était toujours plus que ce que j'avais d'habitude. Mais vu comment la soirée se déroulait en général, je ne pensais pas le porter longtemps.

Emmett était tendu alors que nous nous préparions à descendre.

– Qu'est-ce que tu as ? ai-je demandé avant d'ouvrir la porte de la chambre.

Il a haussé les épaules.

– Ils sont cléments avec nous depuis un moment, ça me rend méfiant.

J'ai fait glisser un doigt le long de la boutonnière de sa chemise.

– Ne sois pas si stressé.

Ses yeux se sont assombris et il m'a attrapé le poignet fermement.

J'ai souri jusqu'aux oreilles.

– Tu vois ? Tu es d'humeur joueuse finalement.

Il a secoué la tête, a lâché mon poignet et m'a donné une claque retentissante sur les fesses que j'ai ressentie longtemps après que nous ayons quitté la chambre et commencé à descendre les escaliers.

En bas, la fête ressemblait à un jour comme les autres. Je n'étais pas la seule fille dans la salle de bal, ce qui me rassurait toujours un peu. Des femmes drapées ici et là circulaient parmi les Anciens.

Mais lorsqu'on nous demanda de nous asseoir dans deux fauteuils placés face à face, mes nerfs se sont tendus. Ça ressemblait trop au soir où nous nous étions fait tatouer, et s'ils essayaient de nous refaire ce coup-là...

Emmett m'a pressé le bras avant que nous soyons obligés de nous séparer pour nous diriger vers les grands fauteuils bergères installés au centre de la pièce, l'un en face de l'autre.

Une fois assis, la foule a fait cercle autour de nous, et les Anciens ont commencé à frapper leurs maudites cannes sur le sol.

Emmett était assis droit, le visage impassible, attendant d'entendre ce qu'on attendait de nous, et j'ai essayé de faire de même. Il était important pour lui de faire bonne figure devant les Anciens, et maintenant que je savais qu'il me défendrait face à eux, je faisais tout mon possible pour le rendre fier de moi. Je me fichais de ce que les Anciens pensent de moi, tant qu'ils m'accordaient la réussite de l'épreuve. Mais j'étais prête à fournir un effort supplémentaire, pour Emmett. Alors je me suis assise droite aussi et j'ai essayé d'être une parfaite reine de bal.

– Bienvenue au jeu Action ou Vérité, a dit l'Ancien. Voyons si notre initié et sa belle résisteront aux questions de l'Inquisition !

Les cannes ont martelé le sol et des acclamations ont fusé de toutes parts.

Action ou Vérité ? Ils étaient sérieux ? J'ai regardé Emmett. Il souriait légèrement, visiblement soulagé.

Car il n'avait aucun secret à cacher.

Merde.

J'ai remué sur mon fauteuil, mal à l'aise, et croisé les jambes. Je n'avais pas de secrets inavouables. Au sens où je n'avais rien fait de mal. J'étais pauvre, c'est tout. Ça constituait peut-être un crime aux yeux de certains habitants du comté de Darlington, mais je ne pensais pas qu'Emmett...

– Emmett, action ou vérité ?

– Vérité, a-t-il répondu en se calant au fond du fauteuil, les mains sur les accoudoirs comme si c'était un trône et lui le roi.

Il se sentait à l'aise dans cette pièce, parmi ces hommes.

Ses pairs.

Ses égaux.

– Toi ou ton père avez-vous déjà trompé un partenaire commercial ? N'oublie pas, si tu mens ici, cela pourrait entraîner ton expulsion du manoir et de l'Initiation.

Ma bouche s'est asséchée. Bordel, ils ne plaisantaient pas. Et l'interroger sur ses affaires... était-ce un genre d'interrogatoire à l'aveuglette ?

Les yeux d'Emmett fouillèrent la foule et s'arrêtèrent un instant. Il regardait quelqu'un derrière moi, dont je ne pouvais pas voir qui. Son père, peut-être ?

Puis Emmett a levé les yeux vers l'Ancien qui avait posé la question.

– Je ne peux parler qu'en mon nom et par rapport à ma connaissance de l'entreprise, mais non, nous n'avons jamais trompé un partenaire commercial, pour autant que je sache.

Des coups de canne ont retenti, puis l'Ancien s'est tourné vers moi.

– Action ou vérité, Mlle Carmichael ?

J'ai dégluti, puis, avant de réfléchir, j'ai lâché :

– Action.

L'homme m'a souri, mais son rictus n'était ni gentil ni agréable.

– Je te mets au défi d'embrasser Jenny là-bas, pendant qu'elle se fait baiser par l'Ancien St. Claire.

Mes yeux ont volé vers Emmett, qui avait immédiatement serré les poings. Puis j'ai regardé l'Ancien.

– Seulement l'embrasser elle ? Je n'aurai pas à le toucher *lui* ?

– Seulement elle.

J'ai regardé de nouveau Emmett, qui m'a fait un petit signe de tête.

– Très bien, j'accepte le défi.

– Enlève ta robe, a ordonné l'Ancien quand je me suis levée.

J'ai failli lever les yeux au ciel en dénouant le petit ruban de soie qui maintenait le kimono fermé à ma taille. Un nouveau siège avait été déplacé au centre de la salle, et j'ai vu le père de Walker défalquer sa toge argentée et se placer devant le fauteuil, en pleine érection. Une fille, sans doute Jenny, s'est mise à quatre pattes dessus.

J'ai expiré à fond avant de rejoindre la saynète, et je me suis approchée de Jenny. Elle m'a souri, n'ayant pas du tout l'air timide.

J'attendrais que...

Mais M. St. Claire n'a pas perdu de temps pour la saisir par les hanches et fourrer sa queue en elle. Il a rapidement pris un rythme de croisière, faisant claquer ses couilles contre le cul de Jenny en la prenant par-derrière. Elle s'agrippait aux bords de la chaise, et ses seins se balançaient avec le mouvement.

– Maintenant, a exigé l'Ancien derrière moi.

J'ai opiné et tendu la main pour prendre le visage de Jenny. Elle avait la peau douce. Elle était jeune, moins de trente ans. Qu'est-ce qui l'avait amenée ici ce soir ?

Pas le temps de poser des questions. Je me suis penchée et je l'ai embrassée.

Ses lèvres étaient douces, et elle m'a rendu mon baiser en faisant des bruits pornographiques qui étaient clairement destinés au public.

Ça me convenait.

Je me demandais si Emmett aimait ce qu'il voyait. Est-ce que ça l'excitait de me voir embrasser une autre femme ? En y pensant, je l'ai embrassée avec un peu plus d'enthousiasme, même si c'était difficile de trouver ses lèvres alors qu'elle se balançait constamment d'avant en arrière sous les coups de boutoir.

Ça n'a duré que quelques minutes de plus de toute façon.

Mais elle embrassait avec enthousiasme à la fin, sa langue cherchant son chemin vers ma bouche. Elle m'a mordu la lèvre inférieure lorsque M. St. Claire s'est penché pour lui frotter le clito, et les bruits de Jenny ont semblé authentiques lorsqu'elle a joui en me suçant les lèvres.

Je me suis éloignée, clignant des yeux après une expérience que je pouvais qualifier de première.

Je chancelais un peu en retournant m'asseoir dans mon fauteuil. *OK, eh bien, ouf.* J'ai survécu au premier défi. J'ai regardé Emmett. Ses yeux étaient brûlants. Il avait dû apprécier le spectacle. Il avait ce regard quand il était excité. Ce qui m'excitait, et quand je me suis assise, je me tortillais pour des raisons totalement différentes qu'au début du jeu.

L'Ancien s'est adressé à Emmett.

– À toi. Action ou vérité ?

– Vérité, a choisi de nouveau Emmett.

– Quelle est la chose que tu détestes le plus que les autres sachent sur toi ? a demandé l'Ancien, sans détour.

J'ai tressailli. Bon sang. Ce n'était pas le genre de question qu'on posait par hasard.

Je m'attendais à ce qu'Emmett change pour Action, mais il a simplement regardé son inquisiteur dans les yeux et a répondu.

– Je déteste que les autres sachent que j'ignore s'ils m'aiment pour moi ou pour mon argent. Je déteste qu'ils sachent qu'au fond, je doute qu'on puisse m'aimer pour moi.

Putain de merde. Il venait vraiment d'avouer cette faille ? À haute voix dans une pièce remplie de vautours ? Dire que je l'avais traité de lâche. Il avait un putain de courage.

J'avais envie de courir vers lui et le rassurer. Lui dire que quiconque le connaissait vraiment ne pouvait que...

Je me suis figée.

Oh merde. Ne pouvait que *l'aimer*. Quiconque le connaissait vraiment ne pouvait que l'aimer. Est-ce que ça signifiait... ? Étais-je en train de dire que je... ?

J'ai cligné des yeux, manquant de rater la question quand l'Ancien s'est retourné et m'a demandé :

– Action ou vérité ?

– Oh... hum, je... ai-je bafouillé en secouant la tête. Action.

– Je te mets au défi de te pencher, de te tenir à ce fauteuil, et de laisser n'importe quel homme présent ici qui le souhaite te donner une fessée.

Emmett s'est levé.

– Elle peut changer pour Vérité ?

L'Ancien a opiné.

– Elle peut.

Je me suis tortillée dans mon siège, mon regard allant d'Emmett à l'Ancien, terrifiée par ce qu'il allait me demander. Mais Emmett avait fait preuve de courage, peut-être que je le pouvais aussi ?

– Quelle est la question Vérité ? ai-je demandé.

– Pourquoi ta mère t'a-t-elle envoyée ici ? m'a répondu

l'Ancien droit dans les yeux. Souviens-toi qu'un mensonge te disqualifie.

J'ai ouvert la bouche avant de la refermer. Les enfoirés ! Je sentais les yeux d'Emmett me transpercer. Bien sûr. Il ne savait pas que ma mère m'avait envoyée ici. Je savais qu'il attendait de moi que je reste assise et réponde à leur question.

Mais j'ai paniqué.

– Action.

Puis je me suis levée, je me suis retournée face au fauteuil, j'ai saisi le bras avec mes mains et j'ai tendu le cul.

– NON. Vérité, me suis-je énervé en regardant Bellamy, qui évitait mon regard. Elle choisit *Vérité*.

Ça n'avait rien à voir avec le fait qu'un autre homme soit autorisé à lui donner la fessée au point où on en était.

Je voulais entendre la vérité.

Quelque chose me disait, me *criait* que j'avais besoin d'entendre la vérité.

Les Anciens ont martelé le sol avec leurs cannes, et celui qui animait l'épreuve a parlé.

– Vérité, Bellamy. Assieds-toi.

Bellamy a dégluti, puis inspiré profondément avant d'obéir, les yeux baissés.

– Mlle Carmichael, je vais répéter la question. Pourquoi ta mère t'a-t-elle envoyée au manoir des Oléandres ? Pourquoi voulait-elle que tu sois la reine du bal ?

J'ai attendu, l'estomac noué. J'avais du mal à respirer en voyant la femme que j'aim... euh, la femme à qui je m'étais attaché s'apprêter à révéler une vérité qu'elle ne voulait visiblement pas éventer.

– Je te rappelle que le fait de mentir te fera perdre l'épreuve, a dit l'Ancien.

Bellamy a enfin levé les yeux vers moi, et j'y ai vu la tristesse danser. Elle n'a pas pu soutenir mon regard très longtemps, baissant de nouveau la tête et fixant le sol.

– Elle voulait que je devienne la reine du bal dans le but d'être choisie par l'un des initiés, que je séduirais afin qu'il me demande en mariage.

Bellamy tremblait alors qu'elle parlait. Les intentions de sa mère ne me plaisaient pas, mais elles ne me surprenaient pas non plus. Toutes les mères de Darlington étaient coupables de vouloir arranger le coup entre leur fille et moi dans l'espoir que je les demande en mariage, et plusieurs l'avaient même déjà fait. C'était notre culture, et leur nature de sang bleu. Toute mère avait pour devoir de trouver à sa fille un homme aussi fortuné – ou plus – que leur propre famille afin qu'elle puisse continuer de vivre dans le luxe et la respectabilité qu'elle avait connus toute sa vie. C'était étrange de voir Bellamy aussi angoissée de l'admettre.

– Mais encore ? a dit l'Ancien en tapant sa canne contre le plancher de marbre.

Bellamy a bronché, puis a ajouté :

– Tous ceux qui ont traversé les épreuves avant Emmett sont tombés amoureux de leur reine du bal et se sont mis en ménage avec elle. Le mariage, ou l'idée du mariage découle des épreuves. Le résultat est que toute belle en retire une relation sérieuse.

L'Ancien a tapé sa canne contre le plancher de nouveau.

– Mais encore ?

– Ma mère veut que j'épouse Emmett, a-t-elle fini par bredouiller, les yeux sur ses pieds et non sur moi, assis juste en face d'elle.

– Mlle Carmichael, a dit l'Ancien, je vais t'aider à accélérer le processus. *Pourquoi* ta mère veut-elle que tu épouses Emmett ?

Elle a enfin relevé la tête vers moi.

– Pour son argent.

– Mais encore ? Tu ne nous dis pas tout, s'est impatienté l'Ancien en tapant encore une fois sa canne.

Les yeux de Bellamy se sont braqués sur les Anciens, puis sur moi. Ses lèvres ont tremblé et elle a articulé sans voix « Je suis désolée » avant de répondre.

– Parce que ma mère et moi sommes sans le sou. On l'est depuis des années, et on entretient l'illusion qu'on a de l'argent alors que c'est faux. Ma mère croyait que si j'épousais Emmett, nos problèmes d'argent seraient réglés. Elle voulait que je l'épouse pour son argent, parce qu'on en a besoin.

Je me suis rappelé le jour où j'ai essayé d'intégrer l'équipe de football pour copiner avec Montgomery, Sully et les autres. J'ai été plaqué presque au point d'en perdre connaissance dès que j'ai attrapé le ballon. Je me souviens encore de la sensation de l'air qui quittait mes poumons d'un coup, de la peur de ne plus jamais pouvoir respirer. Prendre une inspiration semblait impossible, et...

Je vivais la même chose en ce moment.

– Quelle prime as-tu demandée si vous réussissez l'Initiation ? a insisté l'Ancien.

– J'ai demandé d'épouser Emmett, a-t-elle répondu tout bas, les larmes lui montant aux yeux.

– Pourquoi ne pas juste demander du pognon comme toutes les autres putes ? ai-je gueulé en me levant et m'approchant d'elle. Pourquoi demander le mariage ?

Bellamy a levé les yeux vers moi, et les larmes ont enfin coulé.

– Pour le statut social, a-t-elle répondu simplement. On a

besoin de plus qu'un chèque. Tu sais comment Darlington fonctionne.

J'avais besoin d'air.

Putain, j'avais besoin d'air.

Je me suis éloigné d'elle à grandes enjambées, tournant le dos à tout le monde.

– Ouais, je sais exactement comment Darlington fonctionne, ai-je dit, plus pour moi que pour les autres.

Les Anciens se sont mis à tambouriner leurs cannes à l'unisson, signalant la fin de l'épreuve. Ils avaient atteint leur but pour la soirée.

En m'efforçant tant bien que mal de garder ma contenance, histoire de ne pas montrer à quel point les réponses de Bellamy m'avaient anéanti, je l'ai prise par le bras et je l'ai aidée à se lever. Je refusais de leur montrer qu'ils avaient du pouvoir sur moi. Personne n'avait de pouvoir sur moi.

Personne.

Pas même Bellamy.

Nous sommes sortis de la salle de bal côte à côte, comme nous y étions entrés.

– Garde la tête haute, ai-je maugréé, les dents serrées. Les Anciens ne vont pas nous briser.

Bellamy a immédiatement obéi, redressant le dos et la tête.

Quand nous sommes entrés dans notre chambre, elle a pivoté sur elle-même à la seconde où j'ai fermé la porte.

– Je suis tellement désolée, Emmett. Je sais ce que tu dois penser.

– Que tu es comme toutes les autres, ai-je dit en me dirigeant prestement vers la bouteille de whisky pour m'en servir un verre. Que je ne devrais pas être surpris par tes aveux.

Bellamy s'est dirigée vers l'armoire pour enfiler des vêtements, ajoutant une touche de normalité à la situation qui était tout sauf normale. Elle restait silencieuse, mais que pouvait-elle dire de plus ? Elle avait dû jouer cartes sur table, et elle avait une main de merde.

– Bien joué, ai-je dit entre deux goulées de whisky. Je n'y ai vu que du feu. Je peux habituellement repérer les femmes qui m'utilisent à des milles à la ronde. Tu m'as vraiment eu.

– Ce n'était pas un jeu, a-t-elle soupiré. Je ne t'utilisais pas.

J'ai renâclé et je me suis dirigé vers la fenêtre, regardant le ciel nocturne en lui tournant le dos.

– Tu ne m'utilisais pas ? Comment tu appellerais ça alors ? Ta demande finale était de m'épouser. Pas de recevoir de l'argent. Pas d'utiliser l'Ordre pour recevoir de l'argent. Tu ne voulais pas les baiser, mais *me* baiser. En m'obligeant à t'épouser, ai-je dit en me tournant vers elle. Alors, dis-moi comment tu appelles ça ne pas m'utiliser.

– Quand j'ai commencé l'expérience... quand j'ai accepté d'être une reine du bal, je n'ai pas réfléchi aux implications. Pas réellement. Enfin... pourquoi y réfléchir ? Je ne faisais qu'obéir à ma mère comme je l'ai fait toute ma vie. Je n'ai jamais eu le luxe de dire non. De vivre ma vie comme je le veux. Je fais ce que toute belle du Sud digne de ce nom fait, et je me soumets aux règles de la société.

Elle s'est assise au bord du lit et s'est tortillé les doigts.

– Mais tu as raison. Je joue un jeu, a-t-elle poursuivi en me regardant. Depuis que mon père est mort et nous a laissées dans la mouise, ma mère et moi, je joue un jeu. Venir ici en faisait partie. Tout est une illusion.

J'ai ri jaune.

– Une illusion. C'est tout ce que tu es. C'est tout ce que tu as toujours été, ai-je dit — puis, décidant d'être honnête moi aussi, j'ai ajouté : j'ai vraiment cru que tu étais différente. La Bellamy que j'ai découverte dans cette chambre... et bien, j'ai cru qu'elle était différente. Je pensais que j'avais appris à connaître la *vraie* toi.

— C'est le cas, a-t-elle dit prestement. Ce n'est pas parce que je t'ai caché que je n'ai pas d'argent que je t'ai menti. Je m'efforçais tellement de ne pas te mentir. Je ne voulais pas que tu apprennes la vérité parce que je voulais que personne ne l'apprenne. Tu sais à quel point c'est honteux d'être pauvre à Darlington quand tu as été riche ? Tu sais à quel point ça a été dur de sauver les apparences, de cacher la vérité à tout le monde ? J'étais au lycée et je pouvais à peine me payer le déjeuner, encore moins une robe de bal, et je sais que je ne suis pas la seule fille avec des problèmes d'argent. Je ne m'apitoie pas sur mon sort...

— On dirait pourtant, ai-je répliqué en levant mon verre. Pauvre petite fille riche.

— Toute ma vie, j'ai essayé d'être quelqu'un que je ne suis pas.

Elle a fait une longue pause avant de poursuivre.

— Mais avec toi, ici, j'ai pu être moi-même. J'ai pu libérer la vraie moi et juste... vivre. Je savais que tout finirait par s'écrouler. Je savais que le cocon dans lequel on vivait finirait par éclater. Mais je dois être honnête, Emmett. J'ai aimé être ici. J'ai aimé les épreuves... enfin, la plupart. J'ai aimé le confinement de cette pièce et être forcée de passer chaque seconde avec toi. (Son visage a viré au rose.) Et j'ai vraiment aimé être ta soumise. J'ai aimé que tu prennes le contrôle, et à quel point c'était facile pour moi de te laisser faire. Pour la première fois de ma vie, j'ai enfin l'impression de pouvoir respirer.

Je me suis dirigé vers le fauteuil près de la cheminée et je me suis assis.

— J'ai une question à te poser.

J'ai bu une gorgée de whisky en lui faisant signe de s'asseoir devant moi.

Hésitante, elle s'est approchée, les mains tremblotantes. Une partie destructrice de moi voulait la prendre dans mes bras pour l'aider à se calmer. J'avais une sorte de pulsion protectrice, un besoin de prendre soin de cette femme. De lui assurer que tout irait bien, que je réglerais tous ses problèmes.

Mais je n'étais pas un con. Je ne l'étais plus.

– Comment t'as su que je te choisirais ?

– Parce que... a-t-elle dit en déglutissant. Je savais que tu avais le béguin pour moi au lycée. Je t'ai aussi souvent vu me regarder dans des soirées mondaines. Je savais... ou du moins je l'espérais...

– Alors si tu savais que ce serait aussi facile de m'entourlouper, pourquoi ne pas seulement user de ton bon vieux charme de Darlington avec ta mère et essayer de me convaincre de t'épouser, comme toutes les autres croqueuses de diamants ?

– Parce que c'était *toi*, Emmett. Tu n'aurais jamais accepté. Tu n'allais jamais épouser une femme de Darlington, et tu le sais.

– Pourquoi donc ? ai-je demandé, haussant un peu trop le ton.

Ses yeux ont croisé les miens.

– Qu'est-ce que tu veux dire ?

– Pourquoi je n'allais jamais épouser une femme de Darlington ?

J'ai vu la réalisation traverser son regard alors qu'elle se léchait les lèvres et opinait. Elle a pris une grande inspiration.

– Parce que tu as toujours senti qu'on t'utilisait pour ton argent. Que personne ne t'aimerait réellement pour autre chose que ta fortune. Que...

– Exactement ! ai-je crié en me levant et posant violemment mon verre vide sur la table de chevet. Je n'épouserais jamais une pute assoiffée d'argent à moins d'y être forcé. Tu le savais. Tu le savais et tu l'as utilisé contre moi.

Elle a bronché quand j'ai dit le mot *pute,* et bien que je déteste avoir perdu le contrôle et ma contenance en l'appelant ainsi, je n'avais pas pu m'en empêcher. Je voulais lui faire du mal. Je voulais qu'elle souffre autant que moi. Je voulais qu'elle se sente sale et utilisée comme moi. Je voulais... qu'elle soit différente.

Je croyais réellement qu'elle était différente.

— Je sais que tu es fâché, a-t-elle commencé en se levant à son tour.

— Je ne suis pas fâché. Je suis dégoûté. J'en ai marre de toutes ces conneries, ai-je dit en levant les bras et indiquant la pièce autour de nous. Je me suis tellement cassé le cul pour être respecté, pour faire partie de l'élite du Sud. Je voulais être irréprochable en tout. Et pour quoi ? Pour ça ? C'est quoi, ça, bordel ?

Elle n'a rien dit, mais elle a fait un pas vers moi, ses grands yeux me suppliant de comprendre.

— Et après tout ce qu'on a subi pour cette Initiation, on va finir par perdre, ai-je dit. On approche tellement de la fin, et maintenant on doit s'en aller, en perdants.

— On n'est pas obligés de perdre.

J'ai lâché un rire presque diabolique.

— Oh, mais si. Parce que jamais je ne t'accorderais ton vœu. Jamais. Je ne vais pas t'épouser, Bellamy. Je n'épouserai jamais une femme qui ne veut que mon pognon.

— Je ne te veux pas pour ton...

— Mais si, l'ai-je interrompue. Et quoi qu'il arrive, je refuse d'être utilisé.

J'ai regardé les larmes couler sur ses joues, et j'ai dû me faire violence pour ne pas les essuyer des pouces avant de la prendre dans mes bras. Je voulais humer le parfum fleuri dans ses cheveux et l'embrasser pour lui faire oublier ses problèmes. Je voulais...

Pas question.

– Ne pleure pas, Bellamy. Tu es une belle femme, et tu vas facilement trouver un autre riche à duper.

– Ne sois pas méchant, s'il te plaît, a-t-elle dit d'un filet de voix. Et ce n'est pas ce que je veux.

L'idée qu'elle soit avec un autre homme était plus cruelle envers *moi* qu'elle l'était envers elle. Ça me rendait malade, et j'ai même envisagé de vomir le whisky que je venais de descendre dans l'espoir de me débarrasser de la boule de tension dans mon estomac.

Je ne supportais pas de sentir mon pouls dans les tempes, et j'avais peur de dire ou de faire un truc que j'allais regretter, alors je suis sorti en trombe.

– Emmett, ne t'en va pas, s'il te plaît. Est-ce qu'on ne peut pas discuter ?

Je l'ai regardée par-dessus l'épaule.

– Je croyais vraiment que tu étais différente, Bellamy. Merci de m'avoir enfin ouvert les yeux.

CHAPITRE 17
BELLAMY

ÉVIDEMMENT, c'était un terrible secret, et c'était terrible de l'éluder de cette façon, mais s'il m'avait juste laissée m'expliquer...

Ou peut-être qu'il n'y avait pas d'explication possible. La vérité était que j'avais tergiversé sur ce que j'allais demander à la fin des épreuves. Parfois, je pensais être plus audacieuse et demander juste l'argent, et Emmett n'aurait jamais su pour l'autre chose. Nous nous entendions si bien naturellement que je... je n'ai pas voulu penser à la fin de l'histoire. C'était ce que je faisais, non ? Vivre le moment présent à fond pour pouvoir prétendre que je ne dansais pas constamment sur le fil du rasoir ? Ignorer le lendemain était mon mode de vie.

J'ai passé la nuit à pleurer et arpenter la chambre en attendant le retour d'Emmett. Peu après l'aube, on a frappé à la porte. Mon cœur a bondi. Était-ce Emmett, enfin prêt à me parler ? Nous nous étions déjà disputés auparavant, et s'il voulait juste...

Mais quand je me suis précipitée vers la porte et l'ai ouverte, je suis tombée sur Mme H. qui tenait le plateau du petit déjeuner dans les mains.

– Oh. C'est vous.

Mes épaules se sont affaissées, et je me suis détournée d'elle.

– Eh bien, je ne le prendrai pas comme une insulte vu les horreurs que j'ai entendues sur l'épreuve d'hier soir.

Elle a posé le plateau sur une table latérale.

– Viens ici, ma jolie. Tu as besoin d'un câlin ?

Mon premier réflexe a été de m'offusquer. Non, je n'avais pas besoin d'un putain de câlin ! Je n'avais besoin de rien de la part de personne !

Mais ensuite, j'ai vu le visage souriant de grand-mère de Mme H. et je n'ai pas pu me retenir. Je me suis avancée et effondrée dans ses bras. Elle était chaude et douce, et oh là là, elle faisait de super câlins.

– C'est bien, ma belle, c'est bien. Tout finira par s'arranger, a-t-elle affirmé en me tapotant le dos.

Elle était si gentille et si maternelle.

Plus maternelle que ma propre mère.

J'ai craqué et sangloté contre sa poitrine énorme, et elle m'a serrée plus fort encore.

– C'est bien, ma fille. Laisse-toi aller. Laisse tout sortir.

Alors je l'ai fait. J'ai pleuré et pleuré toutes les larmes de mon corps, puis je me suis éloignée d'elle et effondrée sur le lit, me recroquevillant autour d'un oreiller. Mme H. s'est assise à côté de moi et m'a frotté le dos.

– Comment vous faites pour être aussi douée ? Vous avez des enfants ?

Son visage s'est furtivement teinté de tristesse.

– Pas à moi. Mais les fils des membres de l'Ordre ont grandi autour des Oléandres. J'ai l'impression d'avoir contribué à l'éducation de beaucoup de garçons.

Je me suis essuyé les yeux.

– Alors pourquoi vous ne me détestez pas ? J'ai voulu piéger l'un d'eux pour qu'il m'épouse...

Mme H. a froncé les sourcils, retirant sa main de mon dos.

– Eh bien, je t'avoue que j'avais des soupçons au début. Je protège mes garçons, surtout en sachant ce que tu as demandé. (Elle a secoué la tête.) Mais ensuite je vous ai vus ensemble. Et je dois dire que ce garçon est si sérieux d'habitude qu'on dirait un petit vieux. Sauf quand tu es là. Il s'illumine et il rajeunit. Il se souvient qu'il y a autre chose dans la vie que travailler et s'échiner à se faire accepter dans la haute société. Il prend conscience que la joie existe et qu'il est agréable de ne pas être seul.

J'ai dégluti bruyamment.

– Mais j'ai tout gâché. Je... je ne savais pas comment lui dire.

– Lui dire quoi ?

– La réalité de ma vie. Du moins, depuis le lycée.

– Pourquoi tu ne commencerais pas par me le dire ?

J'ai soufflé et je me suis essuyé les yeux, mais ce n'était pas une mauvaise idée. C'était un secret de polichinelle de toute façon. À l'évidence, les membres de l'Ordre connaissaient ma situation, et ils étaient les hommes les plus influents de la ville. Quelle réputation essayais-je encore de protéger par mon silence ?

– Juste après la mort de papa, maman et moi avons découvert qu'il avait un problème de jeu. Un grave problème. On était endettées jusqu'au cou, et on n'avait rien pour rembourser les créanciers — ni argent, ni actions, ni biens matériels suffisants.

Mme H. a porté la main à sa poitrine.

– Oh, chérie. Qu'avez-vous fait ?

J'ai secoué la tête.

– Au début, rien. Maman était dans le déni. J'étais une

peste de seize ans, habituée à tout avoir en claquant des doigts, mes repas préparés par un chef cuisinier, mes affaires lavées et repassées par une lingère. Évidemment, les domestiques ont été les premiers à partir. Quand le premier créancier s'est pointé à notre porte...

Eh bien, ce soir-là, j'étais rentrée et j'avais trouvé ma mère inconsciente sur le sol, des pilules éparpillées autour d'elle. Terrifiée, j'avais traîné son corps inerte jusqu'aux toilettes et enfoncé mes doigts dans sa gorge jusqu'à ce qu'elle commence à s'étouffer, puis à vomir. Les pilules régurgitées étaient encore entières, donc apparemment, j'étais arrivée juste à temps.

J'avais voulu emmener maman à l'hôpital, mais elle avait résisté avec toute la force du désespoir, disant que non, nous n'avions pas d'argent. Elle s'excusait en sanglotant, promettait qu'elle ne le ferait plus jamais. Elle avait juste eu un moment de faiblesse.

– La situation s'est améliorée ? a demandé Mme H. après le récit de la première tentative de suicide de ma mère.

J'ai secoué la tête en soupirant.

– J'aurais aimé, mais non. Les choses ont empiré et je devais surveiller étroitement ma mère. Quand les huissiers ont voulu mettre la maison en vente, je suis rentrée et je l'ai trouvée dans la baignoire, à essayer de s'ouvrir les veines avec des lames de rasoir émoussées. Elle avait des coupures superficielles tout le long du bras, n'ayant pu se résoudre à trancher vraiment. C'était au moment du bal de promo. Je faisais tout pour sauver les apparences à l'extérieur de la maison, et c'est un rôle qui a fini par me coller à la peau. En réalité, je vivais avec cette femme brisée, essayant de l'empê-cher de se suicider tandis que notre monde s'écroulait autour de nous. Et pendant la journée, je jouais les garces au lycée, version fictive de mon ancien moi. Mais je m'y accrochais encore plus, parce que d'une certaine manière, si personne ne savait ce qui se passait à la maison, c'était comme si ce n'était pas réel. Comme si je ne dormais pas au pied du lit de maman parce que sa dépression s'aggravait la nuit et qu'en étant là, je pouvais l'empêcher de se mettre fin à son calvaire. Quand j'étais au lycée dans la journée, je redoutais ce que j'allais trouver en rentrant à la maison. Et chaque jour où je la retrouvais vivante était à la fois une victoire et la promesse d'une autre nuit sans sommeil à la garder en vie.

– Oh, chérie, s'est émue Mme H. Comment as-tu réussi à tenir le coup ? Tu étais encore une enfant.

– Je n'aurais pas pu tenir indéfiniment, alors j'ai traîné ma mère à la banque et je l'ai forcée à renégocier le prêt immobilier de la maison et à consolider nos dettes. On était endettées jusqu'au cou et on n'aurait pas pu déménager, même si on l'avait voulu. Mais tant qu'on réglait une petite somme tous les mois, on pouvait continuer de vivre dans la maison hypothéquée.

– Oh, tant mieux. Donc tu as trouvé une solution.

– C'était une solution à court terme, et seulement parce que mon père faisait partie de l'Ordre. Le banquier auquel on s'est adressées était un membre de l'Ordre, et le contrat qu'on a conclu ce jour-là portait sur cinq ans. Il stipulait en gros que j'avais cinq ans pour trouver un mari riche comme solution à long terme à la situation.

– Oh, a glapi Mme H.

– Oh, ai-je répété. Exactement. Je pense que c'était l'idée de maman que je vienne ici, mais ça aurait aussi bien pu être une suggestion de l'Ordre. Je n'en sais rien. Je ne sais pas s'ils essaient de contrôler Emmett parce qu'ils pensent qu'ils pourraient le contrôler en lui donnant une femme comme moi — qui théoriquement jouera selon leurs règles. Ou s'ils pensaient que je n'y arriverais pas et qu'on échouerait tous les deux.

Je me suis rallongée sur le dos, la tête sur l'oreiller.

— Je ne sais rien du tout ! Rien sinon que je n'ai jamais été capable de vivre pour moi ou de faire ce que je veux. Sauf entre ces murs. Quand je suis avec Emmett, pour la première fois de ma vie, j'ai l'impression d'être vraiment moi-même. Comme si toutes les voix dans ma tête qui me disent d'être parfaite parce que c'est ce que tout le monde attend se taisaient enfin, et que je pouvais juste être... *moi*.

— Eh bien, ma fille, pourquoi tu me racontes tout ça ? Je connais un garçon blessé qui a besoin de l'entendre plus que moi.

J'ai attrapé un oreiller et caché mon visage dessous. Mme H. l'a retiré et m'a lancé un regard noir.

— Je ne peux pas ! ai-je protesté en m'asseyant. Je ne sais pas comment lui dire ! Emmett est la seule personne à regarder sous mes masques et à aimer ce qu'il voit. Mais j'ai été si terrifiée à l'idée d'enlever ce dernier masque que ça prouve que je ne suis pas assez bien pour lui. Et il ne peut pas aimer les gens qui ne sont pas son égal ; il me l'a assez répété. Il ne peut pas leur faire confiance. Il ne peut pas *me* faire confiance, ai-je dit d'une voix brisée par le désespoir. Mais j'ai beau chercher une solution dans tous les sens, si je ne sors par d'ici avec un riche mari... (j'ai levé mes yeux larmoyants vers Mme H.) Maman allait tellement mieux avant mon départ, elle parlait de toutes les choses qu'on ferait à mon retour. Elle était pleine d'espoir et presque comme avant. Je n'ai pas pu lui avouer que je doutais de ma capacité à séduire un milliardaire, à me mettre dans la peau d'une fille intéressée et sans cœur. Mais ensuite je suis arrivée ici, et ce n'était pas du tout ça. Emmett n'était pas du tout comme... Il est fabuleux, Mme H. Au-delà de tout ce que je pouvais imaginer. Il est gentil, doux et attentionné, mais aussi dominateur. Je peux à peine respirer quand je suis près de lui ; il me fait planer. Sans parler du sexe.

– Oh, j'imagine très bien, a-t-elle gloussé. Les murs ne sont pas si épais.

– Mme H. ! ai-je ri avec elle, un peu scandalisée de savoir qu'elle pouvait nous entendre.

Mais elle a agité la main.

– C'est sain. Les jeunes gens doivent apprendre à se connaître dans tous les sens du terme pour savoir s'ils sont... euh... compatibles.

– Oh, on est compatibles, me suis-je esclaffée, car on était *tellement* compatibles. Ce n'est pas le problème.

J'ai soupiré.

– Alors quel est le problème, ma belle ?

Je l'ai regardée d'un air ahuri. Elle n'avait pas écouté un mot de ma confession ?

– Tout le reste ! Il ne me pardonnera jamais. Il ne me fera jamais confiance ! Il ne croira jamais que je puisse l'aimer pour lui...

– Et toi ? m'a-t-elle coupée.

J'ai blêmi en voyant qu'elle posait carrément la question. Ce n'était pas censé être une histoire d'amour. Mais finalement, autant admettre la vérité.

J'ai dit oui avec la tête.

– Je n'ai jamais...

Mais je n'ai pas pu finir ma phrase, car à ce moment-là, la porte s'est ouverte. C'était Emmett, une expression indéchiffrable sur le visage. Je l'ai regardé d'un air ahuri. Depuis combien de temps était-il là ? Avait-il entendu notre conversation ? Avait-il entendu Mme H. demander si je l'aimais ? Je n'avais pas été capable de répondre, et il n'aurait pas vu mon aveu d'un signe de tête.

J'ai regardé à nouveau son visage, déterminée à y trouver un indice, mais son expression était de pierre lorsqu'il a croisé mon regard.

– Ils nous ont convoqués pour une épreuve ce soir. C'est la dernière. Si on réussit, on pourra enfin en finir avec ces conneries.

C'ÉTAIT LA DERNIÈRE ÉPREUVE.

Je n'étais pas sûr d'aller jusqu'au bout. Je m'étais barré de la chambre ce matin dès que j'avais vu son visage bouffi par les larmes. Bellamy avait une sale gueule, et en même temps, c'était la plus belle créature que je n'avais jamais vue. J'avais tourné les talons dare-dare et j'étais reparti. Savoir que ce soir sonnerait la fin de l'Initiation était la seule chose qui me retenait aux Oléandres aujourd'hui.

Je n'étais pas homme à échouer. Je m'investissais à fond dans toutes mes entreprises, et cette détermination m'a toujours permis de réussir. L'idée d'abandonner en cours de route me rendait malade. Mais après la bombe que Bellamy m'avait mise entre les mains, j'envisageais sérieusement d'échouer à l'épreuve ultime. Exprès.

Bellamy et moi avons marché jusqu'aux portes closes de la salle de bal en silence. Nous avions dit tout ce qui devait être dit. En tout cas, moi je l'avais fait. Elle avait essayé de m'embobiner encore en me suppliant : « écoute-moi avant qu'on descende. » Mais je ne l'avais même pas regardée. J'avais commencé à descendre l'escalier, et quelques secondes plus tard, elle s'était dépêchée de me rattraper.

Je n'avais même pas envie de la regarder, et encore moins d'être à côté d'elle, sur le point d'accomplir une épreuve qui impliquerait sans aucun doute que je la touche, peut-être même que je la tringle.

Ce que je ne voulais pas faire.

J'avais fermé les écoutilles, mis mes sentiments sous cloche, et la dernière chose dont j'avais besoin était un tir de missiles en plein cœur.

La boîte pour ce soir contenait un smoking pour moi et une robe en satin blanc pour Bellamy. Ça m'étonnerait qu'elle garde la robe bien longtemps ; je m'efforçais de ne pas la visualiser en train de glisser sur ses épaules. Nous ignorions ce que les Anciens nous réservaient, mais étant donné qu'il s'agissait de la dernière épreuve, nous nous doutions qu'elle serait difficile à réussir... si toutefois j'avais envie de la réussir.

Des pas se sont approchés derrière nous. Nous nous sommes retournés et avons vu Mme H.

– Bellamy, tu dois venir avec moi pour te préparer pour la soirée.

Son visage ne montrait aucune émotion ni aucun indice sur le déroulement de la soirée. Elle tenait ce rôle depuis des années et savait exactement comment dissimuler le moindre indicateur si elle le voulait.

– Emmett, tu vas aller dans la salle de billard, où tes amis t'attendent.

Soulagé de quitter Bellamy et d'avoir le temps de réfléchir et de respirer un peu, je me suis dirigé vers la salle de billard sans poser la moindre question.

Lorsque je suis entré, mes quatre vieux potes se sont tournés dans ma direction. Montgomery, Rafe, Walker et Beau étaient assis autour d'une table ronde sous un grand lustre en cristal de Baccarat suspendu à un plafond de cinq mètres de haut. Le long du plafond se trouvaient des moulures en plâtre faites de boue, d'argile, de crin de cheval et de cheveux d'ange. Je connaissais cette pièce, car j'y avais souvent bu un verre et fumé un cigare. Mais cette fois-ci, l'ambiance était différente.

Beau Radcliffe a été le premier à ouvrir la conversation, en sirotant son whisky.

— On nous a demandé d'assister à ta dernière épreuve ce soir.

Je me suis tourné vers Walker, qui n'avait pas encore accompli son Initiation et n'était pas membre de l'Ordre.

— Toi aussi ?

Il a haussé les épaules.

— J'ai reçu l'invitation. Je ne sais pas trop pourquoi.

J'ai pris place à la table ronde en acajou et j'ai attrapé la bouteille de whisky au centre de la table.

— Est-ce que l'un d'entre vous a une idée de ce qui va se passer ?

Montgomery a ri.

— Ils ne nous ont rien dit. Ce qui est... étrange.

J'ai bu une gorgée de whisky, je me suis calé au fond de mon siège et j'ai soupiré. Pour la première fois depuis que je savais la *vérité* sur Bellamy, j'avais le sentiment de pouvoir me détendre un peu et d'être franc avec mes copains.

— Je ne pense pas que je vais devenir membre de l'Ordre.

Beau a pouffé.

— T'inquiète pas pour la dernière épreuve. Tu vas assurer.

— Ouais, ça ne sera pas plus dur que ce que tu as déjà subi, a ajouté Montgomery.

— Le problème n'est pas l'épreuve. C'est Bellamy.

Tous mes amis, à l'exception de Walker, se sont lancé un regard entendu.

Walker l'a remarqué.

– Qu'est-ce que j'ai raté ? a-t-il demandé.

– Bellamy est ruinée, a répondu Rafe. Ça s'est vu hier soir, devant tout le monde.

Walker a haussé les épaules.

– C'est un secret pour personne. La rumeur de leur endettement court depuis des années.

– C'est des conneries, ai-je craché, n'appréciant pas que cette information circule à Darlington. Je n'ai jamais entendu dire qu'elle avait des problèmes d'argent.

Je n'aimais pas être dans l'ignorance, mais en même temps, j'avais... de la peine pour Bellamy si tout le monde connaissait son plus grand secret.

– C'est la pure vérité, mec, a poursuivi Walker. Sa mère est venue demander de l'argent à mon père. D'innombrables fois. Je sais qu'il l'a aidée quand ça l'arrangeait, mais... il a forcé cette pauvre femme à le supplier à genoux.

– Ton père est un connard, a marmonné Montgomery plus pour lui-même que pour Walker.

– Qu'est-ce que ça change qu'elle soit fauchée ou non ? m'a demandé Walker, ignorant l'insulte de Montgomery.

– Rien, ai-je répondu en finissant mon verre de whisky, puis je me suis resservi. Mais ça change tout qu'elle m'ait menti. Et je ne me fous pas de la récompense qu'elle a demandée à l'Ordre. Cette fille s'attend à ce que je l'épouse si on réussit l'Initiation. Elle a demandé le mariage comme prime !

Walker a sifflé longuement, puis il a secoué la tête en riant.

– Oh putain, mon vieux !

– Ouais, alors si je réussis l'épreuve finale, devine qui aura la bague au doigt ? me suis-je indigné en secouant la tête. Le plus dingue dans tout ça, c'est que Bellamy me plaisait. Je l'aimais bien.

J'ai regardé mes potes autour de la table et je leur ai avoué la vérité.

– J'étais en train de tomber amoureux d'elle.

– Merde, a soupiré Montgomery, la lèvre ourlée d'un sourire. Je veux dire... t'as toujours eu un faible pour elle.

– C'est vrai, ai-je admis. Et être enfermé avec cette fille n'a fait qu'accroître mes sentiments. Mais c'était une supercherie. Elle m'a menti depuis le premier jour. Elle me veut pour mon fric et c'est tout. Elle est comme toutes les putains qui viennent au manoir pour gagner des thunes.

– Je ne suis pas d'accord. On parle de Bellamy Carmichael, a dit Walker calmement. On la connaît depuis aussi longtemps qu'on se connaît. Ce n'est pas une fille intéressée, on le sait tous. Elle a eu la vie dure. Sa mère est une sociopathe si vous voulez mon avis. Et son père était un loser. Mais Bellamy... c'est une chouette nana.

– Et tu es en train de te mentir à toi-même, a ajouté Rafe.

Montgomery a acquiescé d'un hochement de tête.

– Je t'ai vu passer les épreuves avec elle. Tu as pris possession non seulement de son corps, mais...

– Elle t'appartient, l'a coupé Beau. Ce que vous ressentez l'un pour l'autre saute aux yeux. Ce n'est pas ta fortune qui l'intéresse. Même si c'était son intention initiale... c'est clair dans sa façon de te regarder, de se comporter avec toi, et... c'est évident qu'il y a une complicité profonde entre vous.

Poussant un rire sardonique, j'ai fermé brièvement les yeux avant de demander :

– Donc, je suis censé réussir la dernière épreuve, lui accorder son souhait et l'épouser ? C'est ce que vous suggérez, les amis ? C'est absurde.

– On ne sait pas ce que les Anciens décideront, a dit

Montgomery. Mais je te suggère de finir ce que tu as commencé. Deviens un membre de l'Ordre comme tu l'as toujours voulu. Et laisse le destin décider.

– Même si le destin veut me *marier* ?

– Tu n'es pas du genre à abandonner, a ajouté Walker. Je n'ai pas encore accompli ma propre Initiation, et je n'ai aucune idée de la difficulté des épreuves, mais je sais que si j'avais cent neuf jours à passer ici, je ne jetterais certainement pas l'éponge à la dernière heure.

– Je ne serai pas le premier de notre groupe à échouer, ai-je dit doucement, détestant l'idée de rejoindre les rangs des losers, mais c'était une possibilité.

– Sully a échoué, mais c'est une autre histoire. Il n'a jamais voulu être membre. Toi, si. Tu as toujours voulu être membre de l'Ordre du fantôme d'argent, et sans doute plus que nous. Je sais à quel point c'est important pour toi, a souligné Montgomery.

Je détestais qu'ils aient raison. Je ne voulais pas échouer. Je voulais devenir membre de l'Ordre depuis que j'étais gamin.

– J'aurais préféré qu'elle ne me mente pas.

– Elle a dû mentir pendant des années, a déclaré Walker. Je ne pense pas qu'elle sache encore comment être honnête par rapport à sa situation. Et on ne peut pas lui en vouloir. Soyez un peu indulgents avec cette pauvre fille. Aucun d'entre nous ne voudrait avouer ce qu'elle a dû traverser. Et il n'y a pas un homme à cette table qui n'a pas de secrets. Ce n'est pas parce qu'elle t'a caché son passé que c'est une garce.

– Dit un homme qui n'est pas confronté au fait de l'épouser, ai-je rétorqué les dents serrées. Et je n'ai jamais dit que c'était une garce.

Bellamy était loin d'être une garce. Certes, j'étais énervé. Furieux contre elle. Mais la vérité, c'est que j'avais de la peine pour elle. Si elle avait été honnête avec moi et m'avait demandé de l'aide, je lui aurais donné jusqu'au dernier centime nécessaire. Je n'aurais jamais... je ne l'aurais jamais obligée à passer ces épreuves sordides juste pour pouvoir payer ses factures.

Je pense que ma vraie colère venait de là.

Je voulais aider Bellamy. Je l'aurais aidée de toutes les manières possibles.

Mais je ne voulais pas qu'on m'oblige à le faire.

– Oublie l'idée du mariage pendant une seconde, a dit Montgomery en prenant mon verre vide et en le posant à côté de lui.

Toujours le bon ami qui s'occupe de ses copains. Je voyais bien qu'il ne voulait pas que je boive davantage et que je sois ivre pour l'épreuve de ce soir.

– Tu tiens à elle ? a-t-il demandé.

Je ne voulais pas répondre à la question. Surtout parce que je ne voulais pas affronter la vérité en face.

Ils attendaient tous ma réponse, et je voyais bien que je ne m'en sortirais pas avec un simple silence.

J'ai soupiré.

– Vous savez tous que je l'aime bien. Depuis toujours.

– Alors, fais ce qui est juste pour vous deux. Terminez cette épreuve. Tu obtiendras ce que tu veux, et tu lui permettras d'obtenir ce qu'elle veut, a dit Montgomery.

– Ce qu'elle veut, c'est le mariage !

– Ce qu'elle veut, c'est la sécurité, a-t-il répondu doucement. Elle veut se sentir en sécurité pour la première fois depuis des années. Si tu tiens à elle comme tu le dis, alors donne-lui ça. Mariage ou pas, elle doit réussir cette Initiation, ou elle partira d'ici sans rien.

– En réalité, elle partira en plus mauvaise posture qu'en arrivant, a fait remarquer Walker. Maintenant, tout le monde

connaît son secret. On ne peut pas cacher sa situation financière à Darlington. Elle et sa mère seront bannies du monde
qu'elles connaissent et dans lequel elles ont vécu. Tu dois au
minimum lui donner quelque chose. Permets au moins aux
Anciens de la dédommager.

– Très bien. Je vais finir l'épreuve. Mais elle exige de
m'épouser... vous ne pouvez pas m'y obliger, bande d'enfoirés.

– Réussis déjà l'épreuve et tu verras ce que tu feras quand
l'Initiation sera derrière toi, a suggéré Beau.

Une bouteille de whisky et une demi-heure de conseils
d'amis plus tard, un coup de feu tiré du jardin a annoncé le
début de la soirée.

Un homme en toge argentée a surgi d'une porte dérobée
dans le mur. L'Ancien nous a fait signe de le suivre. Et dans
un silence absolu, nous l'avons suivi docilement à la file dans
un passage étroit qui menait à la salle de bal blanche.

Des voix masculines basses chantaient en latin quand
nous sommes entrés dans la pièce où des dizaines de bouquets
d'oléandres blancs étaient arrangés dans de grands vases de
cristal. Le parfum floral masquait presque le sentiment
malsain de malheur à venir. Oh, comme c'était approprié. La
sève laiteuse de ces belles fleurs était toxique, mortelle. Le
battement rythmique des cannes frappant le sol a résonné
dans mes os.

– Emmett Washington, a déclamé l'un des aînés. Es-tu
prêt à accomplir l'ultime épreuve de l'Initiation ?

Le martèlement des cannes s'est intensifié.

Plus fort.

Encore plus fort.

Le vent soufflait par les fenêtres ouvertes, tourbillonnant
autour de nous comme si l'Ordre avait invoqué le diable en
personne.

Le chant latin a recommencé tandis que l'éclairage au gaz de la pièce vacillait.

Puis le son d'un orgue a dominé tous les autres sons. La musique de la *Marche nuptiale* a débuté, et Bellamy, nue, a franchi les doubles portes.

– Emmett Washington. Ta dernière épreuve d'Initiation va commencer.

ILS M'ONT FAIT MONTER sur une estrade installée au centre de la pièce pendant qu'Emmett regardait de loin.

J'ai eu à peine le temps d'étudier son visage – blême, inexpressif – que l'éclairage s'est tamisé, sauf les projecteurs braqués sur moi. Leur lumière aveuglante m'empêchait de voir la salle sombre au-delà de l'estrade. J'ai plissé les yeux pour distinguer Emmett, mais il était noyé dans la pénombre.

Si seulement j'avais eu quelques minutes pour lui parler avant d'être entraînée dans une nouvelle épreuve. J'ai essayé, mais il m'en a empêchée, d'abord en évitant la chambre toute la journée, puis en ne me laissant pas placer deux mots avant de descendre.

Après des semaines d'attente interminable, tout allait trop vite maintenant. Si seulement je pouvais ralentir le jeu, obtenir un temps mort pour coincer Emmett et lui parler sur la ligne de touche...

Mais non. J'étais debout sur cette estrade au centre de la pièce, et M. St. Claire se tenait à côté de moi, derrière un pupitre de commissaire-priseur.

Il a frappé son marteau sur le bois.

– Silence, silence, l'enchère va commencer. Ce soir, nous allons vendre aux enchères les faveurs de la délicieuse demoiselle Bellamy Carmichael. La belle ira au plus offrant !

Il a frappé encore le marteau, puis il s'est mis à parler avec le débit super rapide que j'avais entendu une fois, lorsque je m'étais laissée entraîner à un rodéo ; une seule fois suffisait, croyez-moi.

Nouveaux coups de marteau, puis il a déclaré à voix haute :

– Pour avoir le privilège d'embrasser, de peloter et de doigter la belle, nous allons lancer les enchères à mille dollars. Qui dit mille dollars ?

Il a pointé la salle du doigt.

– Mille dollars ici, deux mille ? Deux mille.

Il a dirigé son index dans une autre direction. Ils avaient disposé des lumières au bas de l'estrade qui m'empêchaient de distinguer les hommes dans la foule. Je voyais seulement des petites pancartes se lever un peu partout. Je me suis recroquevillée et j'ai mis mon bras en visière.

Emmett était arrivé par le fond de la salle, alors j'ai scruté dans cette direction. Enchérissait-il sur moi ? Était-il encore dans la pièce ?

– Dix mille, a dit une voix forte et ferme au fond de la salle et mon cœur a bondi. Emmett. Je reconnaissais ce baryton.

Mes joues se sont empourprées alors que je fixais la foule sombre d'où venait sa voix. Ils n'auraient pas pu imaginer un défi plus cruel. Je l'obligeais littéralement à dépenser son argent pour moi. Pour acheter mon amour.

Ou au moins mon corps.

Peut-être que c'était le but du jeu. Ils voulaient me montrer ce que j'étais vraiment. Ce que j'ai toujours été. Juste une pute qu'il devait payer.

– Vingt-cinq mille. Est-ce que j'ai...

– Soixante-dix mille, a jailli une voix sur la gauche.

– Quatre-vingt mille, a renchéri un autre, plus près.

– Un million de dollars et l'enchère est terminée, a dit Emmett en déboulant à l'avant de la salle.

J'ai tremblé, et pas seulement parce que j'étais nue dans une pièce froide entourée de trente hommes. *Un million de dollars ?*

– Absolument, a dit le commissaire-priseur à Emmett en l'invitant d'un geste de la main à prendre possession du prix : moi. Profite de ton gain avant que nous passions à la vente aux enchères de ses autres... charmes. Tant de bourses lourdes de pièces à dépenser ce soir.

La mâchoire d'Emmett s'est crispée, et à l'éclair dans son regard alors qu'il montait la grande marche de l'estrade, j'ai eu peur pendant un moment qu'il frappe le commissaire-priseur. M. St. Claire était l'Ancien le plus important et l'homme que, jusqu'à présent, Emmett avait le plus voulu impressionner.

Était-il furieux d'avoir dépensé cet argent ? Pourquoi l'avait-il fait ? Était-ce une question de fierté pour lui que personne d'autre ne me touche ? Il ne voulait pas perdre la face devant ces hommes, c'est sûr.

C'était la seule raison de payer si cher. J'avais foutu en l'air notre complicité et notre relation.

Je n'avais plus d'amour propre cependant, et j'étais déterminée à avouer ce que j'avais été trop lâche pour dire avant. Si je ne pouvais pas avoir ce temps mort, je devais le faire tout de suite.

Alors qu'Emmett se tenait devant moi, bloquant la lumière des projecteurs, et que M. St. Claire descendait les trois marches à l'arrière de l'estrade, j'ai saisi ma chance.

– Emmett, ai-je soufflé d'une voix tremblante. Pardon, je suis désolée pour tout ça. Je n'ai jamais voulu...

J'ai secoué la tête, me maudissant intérieurement d'avoir gaspillé des mots alors qu'il n'y avait plus de temps.

– Emmett, je t'aime. Je suis tombée amoureuse de toi. Je suis désolée pour tout le reste, mais je ne m'excuserai jamais de t'aimer.

Ses narines se sont évasées et ses yeux m'ont brûlée. Avais-je réussi à le convaincre ?

Mais sa main est sortie de nulle part et m'a saisie à la gorge. J'ai à peine réussi à avaler de l'air qu'il s'est mis à serrer.

– Penche-toi sur le pupitre de commissaire-priseur.

J'ai hoché la tête, le souffle bloqué dans ma poitrine. Il a serré plus fort, et j'ai compris le message.

Je n'avais plus le contrôle. Je n'avais plus mon mot à dire sur la façon dont ça allait se passer.

J'ai baissé les yeux, hoché la tête autant que je le pouvais avec ses doigts épais enroulés autour de mon cou, et je me suis soumise.

Je me suis déplacée vers le pupitre. C'était un billot de boucher plus qu'un meuble de commissaire-priseur. J'ai appuyé mes mains dessus et je me suis penchée, prenant la position.

– Compte, a-t-il dit, sa voix claquant comme un fouet. Et supplie-moi d'en vouloir plus.

Et alors, il s'est mis à me fesser devant toute l'assistance. À chaque claque sur le cul, mes fesses se trémoussaient de façon obscène.

– Deux, puis-je en avoir une autre, Maître ? Trois, puis-je... Quatre !

J'ai vacillé sur mes orteils à ce moment-là, un coup particulièrement violent.

– Puis-je en avoir une autre, Maître ? ai-je sifflé entre mes dents serrées.

Puis sont tombées les fessées cinq et six, me laissant à bout de souffle alors que j'en redemandais.

Juste au moment où je pensais me sentir enfin dans le rythme, le doigt épais d'Emmett s'est glissé entre mes jambes, exigeant l'accès.

Il a pénétré facilement dans mon endroit secret, parce que... je mouillais. À la seconde où sa main est entrée en contact avec ma peau, mon corps a commencé à se préparer pour sa queue. Il m'avait bien entraînée ces trois derniers mois.

Et la vérité, c'est que même ici, exposée aux yeux de tous ces vieux tromblons, dans ces circonstances détestables... je ne pouvais pas m'en empêcher. J'étais excitée. Voilà, je mouillais dès que les mains d'Emmett se posaient sur mon corps. Il avait fait de moi cette fille, nous l'avions fait ensemble.

Alors quand il s'est mis à me doigter sans répit, d'abord avec un doigt, puis deux, tout ce que j'ai pu faire, c'est écarter les jambes et m'ouvrir pour qu'il ait un meilleur accès.

J'ai senti son poids se déplacer contre mon dos, et puis il a retiré ses doigts de ma chatte. Mais seulement pour me les enfoncer dans la bouche.

– Goûte comme tu mouilles à mon contact. Lèche mes putains de doigts.

J'ai sucé ses doigts épais dans ma bouche, et je l'ai senti durcir à travers son pantalon contre mon cul. J'ai sucé encore plus, jusqu'à ce qu'il me fasse haleter en pinçant *très* fort mon téton avec sa main libre. Il a retiré ses doigts de ma bouche au moment où je gémissais, puis il a pris mes deux seins lourds dans ses mains.

Et il n'était pas doux. Il a puni mes tétons, les pinçant et les tordant jusqu'à ce que je crie. Oh, ça a semblé lui plaire, car il a continué de me triturer les bouts de seins impitoyablement tout en insérant un genou entre mes jambes. Il a poussé vers le haut avec son genou, me donnant des coups. J'ai écarquillé les yeux et ma bouche s'est ouverte, submergée par la douleur et le plaisir.

Puis tout à coup, il s'est lâché, appuyant encore plus fort son genou contre ma chatte — et j'ai joui. Et j'ai joui, encore et encore, jusqu'à ce qu'il retire son genou, et que je me retrouve mouillée et haletante, à peine satisfaite, affaissée contre le foutu pupitre.

– Quelle charmante petite jouisseuse tu as dressée, a dit M. St. Claire, en montant sur l'estrade alors qu'Emmett s'éloignait.

J'ai voulu l'attraper, mais il a sauté du podium, puis il a disparu dans l'obscurité derrière les projecteurs. Son abandon m'a prise au dépourvu.

Il ne m'avait jamais quittée si froidement après m'avoir fait jouir. Il était habituellement si doux après le sexe. Il s'assurait toujours que j'allais bien, que j'étais comblée et que tous mes besoins étaient satisfaits.

Mais tout était différent maintenant. Ce ne serait plus jamais comme avant. J'ai essayé de lutter contre les larmes qui coulaient sur mes joues, mais en vain.

Était-ce son plan ? Emmett voulait-il m'anéantir en cette dernière fois où nous étions ensemble ?

C'était trop tard pour moi. Je m'étais soumise. J'irais où mon maître voudrait m'emmener ce soir. Je descendrais dans les profondeurs qu'il voudrait. Je subirais n'importe quelle punition.

– Je crois qu'on a tous hâte de mettre la main sur ce joli petit cul après cette démonstration. Qui veut sentir ces douces lèvres vous sucer la bite aussi avidement qu'elle vient de sucer les doigts de l'initié Emmett ? Parce que c'est ce qui est mis aux enchères maintenant. Combien pour décharger dans la bouche pulpeuse de Mlle Carmichael ? Les enchères commencent à cinquante mille dollars. Cinquante mille, quelqu'un ?

– Cinquante, a répondu un type.

– Cinquante à ma droite. Quelqu'un pour soixante-quinze ? Soixante-quinze, une fois, soixante-quinze, deux fois...

– Deux cent mille, a lancé une voix sur la droite.

– Deux cent mille. Qui dit mieux ? Trois cent mille, quelqu'un à trois cent mille ?

– Un million, a proclamé de nouveau la voix d'Emmett.

Mince, encore ?

Mais le commissaire-priseur n'a pas bronché.

– Un million. Qui dit un million deux cent cinquante ? Un million deux cent cinquante ? J'ai un million. Qui dit mieux ?

La pièce est restée silencieuse, et à nouveau, Emmett s'est avancé. Mais il n'avait pas les mains vides. Je ne savais pas où il les avait eues, mais il tenait des cordes en soie rouge.

Mes yeux se sont tournés vers les siens, mais il ne me regardait pas.

– À genoux.

C'est tout ce qu'il a dit, un ordre froid aboyé dans ma direction. Je me suis immédiatement jetée à terre. Quand le vin est tiré, il faut le boire. Malgré la situation dramatique entre nous, la soumission exigeait de la confiance, et je lui faisais confiance. Je pensais ce que j'avais dit. Je l'aimais, et l'amour incluait intrinsèquement la confiance. Je ne pouvais lui prouver ma sincérité que par mes actions.

Je me suis donc agenouillée, et lorsqu'il s'est mis derrière moi, a tiré un bras derrière mon dos, et a commencé à enrouler une corde autour de mes bras, attachant mon poignet à ma cheville, je n'ai pas émis un seul mot de protestation.

Ce n'est que lorsqu'il m'a finalement mise dans la posture

qu'il le voulait, ligotée jusqu'à ce que je puisse à peine bouger, agenouillée avec les bras attachés aux chevilles, qu'il s'est relevé devant moi et m'a regardée.

J'ai levé les yeux vers lui, et nos regards se sont croisés un instant, juste un instant, avant que ses mains ne soient sur le bouton et la fermeture de son pantalon. Il a sorti son sexe, et mes yeux se sont élargis. Il était engorgé — énorme et sans doute douloureusement dur. Seigneur, depuis combien de temps était-il dans cet état ? Pendant tout le temps où il m'a attachée ?

Je l'ai regardé en me léchant les lèvres.

Il s'est penché pour amener sa tête au niveau de la mienne.

— Un claquement des doigts, c'est ton mot de sécurité. Mais ne l'utilise que si tu n'en peux vraiment plus, car je ne vais pas être tendre avec toi. Hoche la tête si tu comprends.

Il s'est reculé et j'ai levé les yeux vers lui, puis j'ai dégluti en hochant la tête. J'avais le dos arqué et mes seins jaillissaient de la façon dont il m'avait ligotée. La position était inconfortable, mais quand je me suis regardée, j'ai dû admettre que c'était un spectacle foutrement érotique.

Ce coup d'œil n'a duré qu'un instant, car la seconde d'après, Emmett m'attrapait par le menton et me fourrait sa grosse queue dans la bouche.

Des murmures se sont élevés dans la salle lorsqu'il s'est mis à me baiser la gueule. Il n'y avait pas d'autre mot pour décrire la scène. Il l'utilisait comme un orifice à disposition. Comme si j'étais une poupée gonflable. C'était dégradant. Humiliant.

Et j'étais tellement excitée.

La parfaite demoiselle du bal des débutantes de Darlington, à genoux et attachée, pendant que l'homme le plus puissant de la salle me baisait la gueule. Il m'a empoigné les cheveux et a bougé la tête d'avant en arrière, sa queue s'enfonçant dans ma gorge jusqu'à ce que je m'étouffe. Il a grogné, et je voyais qu'il aimait ça. Tout comme les gros pervers dans la pièce.

Alors j'ai refermé mes lèvres autour de son chibre et je l'ai sucé en appliquant un maximum de pression, jusqu'à ce qu'il gémisse et se retire. J'ai pris une inspiration avant qu'il ne revienne en force.

J'aurais aimé avoir les mains libres pour lui caresser les couilles et accroître son plaisir.

Quand il est ressorti, j'ai baissé la tête, mouvement qui m'a valu quelques cheveux arrachés, et j'ai gobé une de ses bourses. Il a haleté quand je l'ai aspirée puis léchée, avant de passer à l'autre testicule.

Il a grogné, mais il m'a laissée jouer – du moins quelques secondes de plus – avant de saisir mon visage à deux mains et de porter sa bite plus dure que jamais à mes lèvres. Il a fait entrer et sortir le gland turgescent de ma bouche baveuse. J'ai aspiré le bout, léché la petite fente, puis enveloppé la couronne du gland dans mes lèvres en appuyant fort avec ma langue sur la veine sous le frein.

Ça l'a rendu fou. Il m'a serré la tête plus fort et lui a imprimé un vigoureux mouvement de va-et-vient.

– Tartine ses lèvres, Initié, a intimé une voix dans l'assistance.

Emmett a sorti sa queue, si gonflée que sa main avait du mal à en faire le tour. Puis il m'a regardée dans les yeux et a utilisé le bout comme un pinceau pour m'enduire les lèvres du liquide préséminal qui suintait de la petite fente. Ma poitrine s'est arquée vers lui. Je n'aurais jamais cru qu'une pipe puisse m'exciter autant, mais tout m'excitait avec Emmett — alors le voir tenir sa queue magnifique comme ça...

J'ai léché les lèvres qu'il venait d'enduire de son jus, et

apparemment, c'est la goutte d'eau qui a fait déborder le vase. Il s'est enfoncé jusqu'à la garde, ses couilles s'écrasant sur mon menton.

Et il a déchargé dans ma gorge.

J'ai avalé convulsivement. Avalé des gorgées de sperme. Mais il s'est retiré alors qu'il jouissait encore, et son foutre a dégouliné sur mon menton et ma poitrine.

Les hommes autour de nous ont rugi alors qu'il se frottait sur moi, me réclamant et me marquant de la manière la plus primitive possible.

Puis, comme précédemment, dès qu'il a eu fini, il a remonté sa fermeture éclair et a rangé son engin. Je l'ai à peine vu sortir un couteau de sa poche. Il a tranché la corde qui reliait mes poignets et à mes chevilles, et m'a libérée. Mais quand je me suis retournée, il avait déjà disparu dans la salle.

J'ai dégluti, le goût salé de son sperme sur la langue, et cligné des yeux, me sentant submergée par tout ce qui se passait. Mais j'allais tenir bon.

Parce qu'il y avait au moins une autre partie de moi à vendre aux enchères.

Ma chatte est partie à dix millions de dollars.

Encore une fois achetée par Emmett.

Le commissaire-priseur s'était arrêté à deux millions et j'ai cru qu'Emmett allait se retirer, mais il a alors proposé ce chiffre stupéfiant.

Ce soir, il a dépensé douze millions de dollars pour moi. De l'argent qui est allé à l'Ordre, je suppose. Une somme qui était de l'argent de poche pour Emmett, mais qui aurait changé ma vie. Je n'avais toujours aucune idée du résultat final, mais quand Emmett est remonté sur l'estrade et m'a dit de m'allonger, bras et jambes écartés, je m'en fichais.

Le Maître était là, et c'est tout ce qui comptait en ce moment.

Il se tenait debout au-dessus de mon corps étalé en étoile de mer. Il ne me regardait pas, ses yeux étaient tournés vers la foule.

– J'appelle ici mes frères pour m'assister. Montgomery. Beau. Rafe. Walker. Venez ici. Chacun de vous va tenir un de ses membres. Prenez une cheville ou un poignet. Et tenez-la fermement pendant que je réclame mon prix de dix millions de dollars.

J'ai senti mon visage s'enflammer tandis que des murmures parcouraient la foule. J'ai levé discrètement la tête et j'ai vu du mouvement dans la pièce. Oh, mon Dieu, il était sérieux ? Il allait demander à nos anciens camarades de classe de poser leurs mains sur moi pendant qu'il... pendant qu'il me baisait ?

C'était pousser le voyeurisme à un niveau supérieur.

Mais apparemment, ça ne dérangeait pas nos amis, car j'ai senti des mains viriles se refermer autour de mes quatre membres. La cheville droite en premier, puis la gauche. Ensuite une main m'a saisi le poignet. J'ai levé les yeux et j'ai été morte de honte en voyant Walker St. Claire me tenir un poignet et Montgomery Kingston prendre l'autre.

Montgomery me tenait, mais il détournait le regard. Walker, lui, ne s'est pas gêné pour me reluquer. Il a souri quand Emmett s'est approché, et n'a pas du tout regardé ailleurs. Emmett a enlevé sa chemise par la tête et la jetée au pied de l'estrade. Mais il n'a pas ôté son pantalon, se contentant de le déboutonner et le baisser sous ses fesses.

Et étonnamment, il bandait de nouveau. C'était le seul homme à ma connaissance capable d'un tel exploit. Il avait joui il y a dix minutes et pourtant il était de retour, plus dur que jamais.

– Qu'est-ce que ça te fait, jeune fille, d'avoir les mains d'autres hommes sur le corps pendant que je te baise ? m'a-t-il murmuré à l'oreille en glissant son corps sur le mien. Sois honnête.

J'ai inspiré à fond.

– C'est étrange. Mais pas... désagréable. Cela dit, je ne veux que toi en moi.

Il n'a pas perdu de temps. Après tout le grand tralala de la soirée, il a juste attrapé sa bite et l'a guidée en moi.

Il a regardé des deux côtés.

– Tenez-la bien ouverte pour moi. Un peu plus large.

Les mains qui tenaient mes chevilles ont obéi, m'étirant plus largement. J'ai haleté quand les hanches d'Emmett ont glissé un peu plus près, sa bite s'enfonçant encore plus en moi.

– Écartez les jambes. Vers sa tête.

Les mains m'ont écartelé les jambes, tandis qu'Emmett soutenait son poids sur ses biceps puissants et me pilonnait.

– Tous ceux qui en ont envie peuvent venir tenir ma petite chatte, a dit Emmett à la foule. Mais seulement avec les mains. Seule ma bite a le droit de la prendre.

Mes yeux se sont élargis, et Emmett m'a fait un sourire jusqu'aux oreilles. J'étais sûre qu'il faisait cela pour se venger. Ouais, il m'en voulait encore, et peut-être que c'était un test... mais n'empêche qu'il prenait son pied à me soumettre en public.

C'était un putain de pervers, et avoir une pièce entière à ses ordres tout en démontrant ses prouesses sur moi, c'était Emmett dans toute sa splendeur. Dominateur. Autoritaire.

Et je le désirais plus que jamais. Il enfreignait toutes les règles de mon éducation de jeune fille de la haute société : toujours faire ce qu'on attend de toi, ne jamais faire de vagues. Il avait battu ces vieux salauds à leur propre jeu. Il les surpassait, leur montrant qu'on pouvait jouer à des jeux pervers, dégoûtants et érotiques sans blesser personne. Il était le plus riche et le plus puissant de tous, et il était là pour leur donner une leçon au lieu d'accepter docilement ce qu'ils avaient essayé de prouver avec cette épreuve. Mais il les invitait quand même à jouer avec lui.

J'ai senti mon cœur s'ouvrir encore plus alors que le sexe énorme d'Emmett allumait toutes mes terminaisons nerveuses à chaque poussée.

Mes membres sont passés entre toutes les mains, prenant possession de mes jambes, et les nouveaux arrivants étaient moins réticents que mes amis du lycée. Ces mains-là prenaient des libertés. Elles me caressaient les jambes et les bras. Elles me pinçaient occasionnellement.

Mais elles obéissaient à Emmett. Personne ne m'a fourré sa bite sous le nez ou a essayé de me mettre quelque chose dans le cul. Ha, comme s'ils auraient pu s'interposer entre moi et le corps puissant d'Emmett qui me dominait.

— Ferme les yeux, m'a ordonné Emmett. Laisse-toi dominer par les sensations. Débranche ton cerveau. Sens nos mains. Elles sont toutes les miennes. Sens ma queue. Je veux qu'ils sentent les spasmes de ton orgasme. Je veux qu'ils sentent le plaisir que je te procure.

— Puis-je jouir, Maître ? ai-je imploré.

— Pas encore, a-t-il répondu en me pilonnant vigoureusement, ses couilles me giflant les fesses.

Bon sang, j'aimais ce bruit dégoûtant de clapotis charnel et la pression qu'il exerçait sur mon col de l'utérus, son gland épais me frappant le point G sans relâche. Plus il me baisait violemment, plus j'avais du mal à me retenir de jouir.

J'ai gémi et je me suis contorsionnée entre toutes les mains qui me maintenaient au sol, de sorte qu'elles devaient vraiment travailler pour m'empêcher de toucher Emmett.

— S'il te plaît, s'il te plaît, ai-je supplié une minute plus tard. S'il te plaît, je peux jouir ?

– Tu n'es pas encore prête. Que l'un de vous lui pince les tétons.

Des mains avides ont atterri sur mes seins. Emmett me regardait dans les yeux tandis que des mains, de partout, s'agrippaient à moi ; elles me malaxaient, me pinçaient, me caressaient le cul, les cuisses.

J'étais à deux doigts d'exploser. Mes doigts ont fléchi et se sont serrés.

– Puis-je jouir, Maître ? ai-je crié, désespérée.

– Jouis, a ordonné Emmett, plaquant son corps sur mon entrejambe de sorte que son pubis me martelait le clito tandis qu'il allait et venait en moi.

Des feux d'artifice ont explosé derrière mes paupières lorsque l'orgasme a déferlé à partir de mon intimité. Sous la puissance de la vague, mes jambes se sont mises à trembler, si intensément qu'aucune main ne pouvait les clouer au sol.

Emmett a continué de me baiser glorieusement, signant l'une des expériences les plus intenses de ma vie.

D'autant plus que, connaissant mes talents pour les orgasmes multiples grâce au temps passé ensemble dans la chambre, il m'a immédiatement demandé :

– Monte jusqu'à un autre orgasme, plus haut cette fois. Plus fort. Putain, plus fort. *Jouis* !

Je l'ai fait. Seigneur, j'ai joui. La première fois n'était qu'un apéritif, et nous étions maintenant sur le plat principal. J'en perdais les mots. J'en perdais la tête. J'atteignais le plaisir pur. Un plaisir sismique à faire trembler le corps et l'âme.

Les mains me touchaient de façon plus appuyée alors que les spasmes me secouaient le corps. C'était tellement érotique, toutes ces mains sur moi.

Des dizaines de mains, toutes aux ordres d'Emmett.

Mon ventre s'est contracté alors qu'un nouvel orgasme démarrait. Emmett s'est soutenu sur un bras et a attrapé mon cul fermement. Me tenant à moitié par la hanche, à moitié par la fesse, il m'a fait coulisser sur sa queue, les autres hommes l'aidant dans ce mouvement. Puis Emmett s'est assis et les hommes m'ont soulevée et abaissée sur lui en m'écartelant les membres.

Ils me faisaient aller et venir sur sa queue. D'autres hommes, toujours plus nombreux, sont montés sur l'estrade. Certains avaient une main sur moi et l'autre sur leur queue, qu'ils branlaient. D'autres s'investissaient dans la tâche d'aider Emmett à me baiser, caressant les nouvelles parties de mon corps exposées par cette position : mon dos, la courbe de mon cul.

J'étais une marionnette dont ils tiraient les ficelles.

Puis Emmett s'est allongé et ils m'ont empalée sur sa queue, me faisant le chevaucher. Il me tenait les hanches, guidant mes mouvements. Chaque centimètre de mon corps était recouvert d'une main.

– Jouis, a ordonné de nouveau Emmett.

Oh mon Dieu, il allait me tuer. Nous étions comme un gigantesque tandem sexuel en rotation sur cette estrade, bougeant organiquement dans un seul but.

Évidemment, j'ai joui. Je n'aurais pas pu m'en empêcher, mon corps était trop sensible maintenant. J'étais déjà montée si haut dans le plaisir que la multiplication des orgasmes semblait presque naturelle.

J'ai jeté ma tête en arrière et j'ai crié tandis que des mains me pelotaient les seins et me tiraient les cheveux, tous les hommes autour de nous se paluchant furieusement. L'odeur du sexe était lourde dans l'air. Alors que je me contractais convulsivement autour de la bite d'Emmett, il a rugi en s'enfonçant jusqu'aux couilles. J'ai senti son sperme jaillir au fond de moi, mais il s'est rapidement retiré, alors qu'il giclait encore. Il m'a peinturluré la chatte avec le reste de son foutre, me laissant en sueur et collante.

Mais il n'avait pas fini, non, pas encore. Il a regardé autour de nous.

– Je suis un homme généreux. Donc tous les hommes qui ont partagé mon lot peuvent jouir maintenant s'ils le souhaitent, mais seulement à ses pieds.

Personne n'a sourcillé. Peut-être que ça les amusait, ou alors ils se soumettaient eux aussi à la domination autoritaire d'Emmett. C'était sans doute simplement pour eux un nouveau jeu, et ces pervers étaient toujours partants pour les cochonneries inédites.

Bref, Emmett m'a aidée à me relever et s'est placé derrière moi, ses mains me triturant les seins, tandis que les hommes venaient les uns après les autres à côté de l'estrade et se masturbaient à mes pieds. Leur foutre m'éclaboussait les pieds et les tibias tandis qu'ils se prosternaient devant ma chatte.

Jusqu'au dernier.

Je m'attendais à ce que cela sonne la fin de l'épreuve et apparemment Emmett aussi, parce qu'il a pris fièrement mon bras pour me faire descendre de la scène improvisée, lorsque M. St. Claire a monté la volée de marches.

Je venais juste de le voir, le visage rouge et en sueur, en train de secouer sa modeste bite devant mes pieds. Mais il l'avait rangée sous sa toge argentée d'Ancien et il souriait.

– Où vas-tu, Initié ? Il reste une dernière partie de son corps à vendre aux enchères.

– Quoi donc ? a grogné Emmett. On vous a donné tout ce que vous vouliez, et même plus.

Emmett était vraiment en colère, je le voyais bien, même s'il se tenait partiellement derrière moi. J'avais envie de me recroqueviller et de me cacher. Mon attrait pour la perversité s'estompait, et la voix furieuse d'Emmett me faisait l'effet d'une douche froide sur les endorphines que j'avais ressenties.

– La chose la plus importante, bien sûr. La dernière partie du corps, si je puis dire, à être mise aux enchères, est la main de Bellamy Carmichael.

– DIX MILLIONS DE plus et cette épreuve est terminée, ai-je dit entre les dents.

Si un homme osait hasarder une enchère pour Bellamy, ma fureur serait destructrice. J'avais quelques ennemis dans la vie, mais je n'hésiterais pas à me mettre à dos toute la salle s'il le fallait.

Bellamy Carmichael n'appartiendrait pas à une autre âme que moi. Pas tant que je serais sur cette Terre.

J'étais prêt à doubler l'offre, mais si quiconque avait le culot de simplement *essayer* de me la prendre...

Ce n'était pas une question de pognon. J'étais très riche, et je retrouverais vite ce que j'avais dépensé ce soir. Le fait était que j'en avais marre de l'Ordre du fantôme d'argent et de ses petits jeux tordus. J'étais impatient de foutre le camp du manoir des Oléandres, et je me demandais sérieusement si j'y remettrais les pieds un jour. Je n'en avais plus rien à branler d'impressionner ces hommes.

Pourquoi m'étais-je tant soucié de leur approbation ?

Je n'en avais même pas besoin, et pour une raison qui m'échappe, je l'avais désirée. Ardemment.

Mais ce soir n'avait rien à voir avec eux. Ni avec le fait d'impressionner les Anciens.

Non... ce soir avait tout à voir avec Bellamy Carmichael.

Je pouvais manifester ma colère autant que je le voulais. Je pouvais prétendre que je me contrefoutais d'elle. Je pouvais menacer de me barrer et de tout foutre en l'air non seulement pour moi, mais aussi pour elle. Je pouvais détruire sa vie et lâcher une bombe qui l'obligerait à repartir bredouille. Et si je n'avais pas surenchéri sur tous les enculés présents plus tôt, j'aurais pu la laisser tomber entre les mains des gros bonnets du comté de Darlington.

Mais apparemment, il avait fallu que j'en arrive à cette épreuve pour réaliser tout ça. Même mes potes n'avaient pas pu me convaincre. J'avais dû voir Bellamy, sur l'estrade, nue, ravissante... en besoin de moi. Peut-être que ça faisait de moi le même pauvre type que j'étais au lycée, mais je ne crois pas.

Quand elle m'a chuchoté à l'oreille qu'elle m'aimait, je l'ai crue. Et plus encore, j'étais prêt à lui prouver que je n'étais pas un lâche. J'étais prêt à plonger dans l'inconnu de la confiance et de l'amour, qu'elle soit prête à m'y rejoindre ou pas.

Voilà ce que faisaient les hommes, les *vrais*.

Je devais la protéger, et j'étais prêt à dépenser n'importe quelle somme pour le faire.

Elle était à moi, et il était grand temps que je le montre, à elle et à tout l'auditoire.

— Dix millions de dollars pour la main de Bellamy, a scandé l'Ancien St. Claire. Y a-t-il d'autres offres ?

Un silence momentané a empli la pièce, et j'en ai profité pour trouver les grands yeux de Bellamy, qui se sont accrochés aux miens. Je ne pouvais pas déchiffrer ses émotions, et j'aurais aimé pouvoir le faire. Est-ce qu'elle était fâchée contre moi pour ce qui venait d'arriver ? Soulagée de voir que j'allais l'épouser ? Surprise que j'aie accepté de le faire après la façon dont je l'avais traitée ?

– Très bien, a continué M. St. Claire. Sa main t'appartient désormais. Vous avez cent neuf jours à partir d'aujourd'hui pour vous fiancer, préparer un mariage, et prononcer vos vœux au manoir des Oléandres. Ai-je ta parole, Emmett, que tu iras jusqu'au bout ?

J'ai opiné.

– Tu as ma parole. Bellamy et moi serons mariés dans les cent neuf jours.

Les cannes se sont mises à battre le sol dans une cadence qui a fait vibrer mes os.

– Emmett Washington, Bellamy Carmichael — vous avez tous deux réussi l'Initiation. Emmett, tu es maintenant un membre de l'Ordre du fantôme d'argent. Bellamy, ton vœu d'épouser Emmett a été exaucé.

Il a tapé le bout de sa canne par terre pour ponctuer sa déclaration.

Remarquant que Bellamy tremblait, j'ai ôté ma veste et je l'ai drapée sur ses épaules. Je détestais la voir obligée de rester debout et exposée à la vue de tous dans cette salle de bal, surtout après une expérience sexuelle aussi intense, et je me suis intérieurement réprimandé de ne pas l'avoir fait plus tôt. Je l'ai attirée dans mes bras pour lui offrir un peu de chaleur, relâchant le long souffle que je retenais sans m'en rendre compte.

Sans attendre, je l'ai escortée hors de la salle de bal et jusqu'à notre chambre tandis qu'un million de pensées tourbillonnaient dans mon esprit. Je savais que je devais gérer la situation comme j'abordais les situations difficiles en affaires.

En traitant un problème à la fois.

En ce moment, je devais réchauffer Bellamy et la sortir de cette tanière de serpents.

Une fois dans la chambre, elle a levé les yeux vers les miens, toujours collée contre moi.

– Tu n'es pas obligé de m'épouser. C'était injuste de ma part de demander le mariage comme prime. Je ne vais pas t'en tenir rigueur. Je suis désolée de l'avoir fait.

– Les Anciens vont s'assurer qu'on se marie, ai-je dit, remarquant la tension dans son corps. D'ailleurs, quand je m'engage à faire quelque chose, je le fais. Je leur ai dit qu'on serait mariés dans les cent neuf jours, et je compte tenir ma parole.

Elle a regardé par terre alors que je la conduisais vers la douche pour nettoyer toute la souillure de la soirée.

– Je suis désolée. Je sais que j'ai demandé le mariage, et je... je n'ai pas réfléchi. J'ai laissé ma mère réfléchir pour moi. Je n'ai jamais voulu te piéger.

Une fois l'eau assez chaude, elle est entrée dans la baignoire et elle a soupiré.

– Quand on sera mariés et que tu auras tenu ta parole, on peut toujours faire annuler le mariage si tu veux, a-t-elle dit les yeux toujours baissés. Je ne m'attendrai pas à ce que tu restes marié à moi. Je comprendrai si tu veux y mettre fin.

– Je n'ai jamais dit que je voudrais y mettre fin.

La surprise a traversé son regard.

– Mais tu mérites mieux que moi ! Tu n'es pas allé à cette Initiation dans le but de te marier. Ce n'est pas ce à quoi tu t'attendais.

Je me suis perché au bord du lavabo et je l'ai regardée renverser la tête dans le jet d'eau chaude.

– Pourquoi tu ne m'as pas dit pour ta mère ? Pour ton père et ta situation financière ? ai-je demandé ; j'avais besoin de l'entendre.

– J'avais honte, a-t-elle répondu tout simplement. Tu connais Darlington.

– Mais je ne suis pas comme les gens de Darlington.

Elle s'est tournée pour me regarder à travers la porte de douche en verre.

– Non. Tu ne l'es certainement pas. Mais ton opinion de moi compte plus que celle de tout le monde. Alors j'ai tout fait pour préserver les apparences, a-t-elle dit en soupirant. Et au final, je me suis attiré ta haine. Tu avais tous les droits de connaître la vérité. Ma vérité.

– Je ne te hais pas, ai-je avoué. C'est tout le contraire, même.

Elle a coupé l'eau, et je lui ai passé une serviette. Quand sa main a effleuré la mienne, j'ai senti mon corps s'enflammer.

– Le contraire ? a-t-elle répété d'une voix chevrotante.

– Je t'aime, Bellamy, ai-je dit en la prenant dans mes bras et serrant contre moi son corps tout chaud. Je t'ai toujours aimée… depuis l'époque de la cantine au lycée.

– Je t'aime, a-t-elle marmonné contre ma poitrine. Je t'aime tellement.

Ses cheveux trempaient ma chemise, mais ça m'était égal ; tout ce qui comptait était de l'avoir dans mes bras.

– J'aurais aimé le savoir, ai-je murmuré. Je t'aurais aidée financièrement.

Elle a secoué la tête, le visage toujours enfoui dans ma poitrine.

– Je ne t'aurais jamais demandé d'argent. (Elle s'est reculée légèrement pour me regarder.) Et je ne veux pas plus le faire aujourd'hui. Je sais que tu es un homme de parole, mais c'est injuste de m'attendre à ce que tu m'épouses de force.

– Ce n'est pas de force, ai-je dit en baissant les lèvres vers son front et y posant un baiser. Je n'aurais jamais fait une enchère sur ta main si je n'avais pas l'intention réelle de l'acheter.

Elle a grommelé et pressé la tête contre ma poitrine.

– C'était tellement d'argent. Tu as tellement dépensé ce soir... pour moi.

– Et je le referais, encore et encore.

– Pourquoi ? a-t-elle dit d'un filet de voix.

– Parce que tu le mérites. Tu mérites d'être protégée, aimée, soignée.

C'était tellement facile à dire maintenant que je me laissais aller. Et ça en valait la peine seulement pour voir la joie et l'incrédulité sur son visage. Mais je l'amènerais à me croire, jour et nuit, pour le restant de ses jours s'il le fallait.

Bellamy a pris une grande inspiration et fait un pas en arrière. Elle tenait sa serviette autour d'elle, ses cheveux mouillés gouttant dans son dos, son maquillage effacé, et je ne l'ai jamais trouvée aussi belle qu'à ce moment.

– Alors, qu'est-ce qu'on fait maintenant ? a-t-elle demandé.

– On quitte le manoir dès que tu te seras habillée. On met les putains de voiles. Et on va à la maison — ma maison. Qui sera bientôt *notre* maison. Puis au matin, on s'assied avec ta mère et on organise les finances. J'ai l'intention de tout arranger.

– Je ne peux pas te demander ça, a-t-elle chuchoté, cillant toujours d'incrédulité. Je sais que c'était le plan quand ma mère a décidé de m'envoyer aux Oléandres, mais...

– C'est une solution facile. Et je veux le faire. Pas seulement parce que je peux le faire ou parce que ça fait partie de l'entente de l'Initiation, mais aussi parce que je le veux. Je le veux réellement. Ta mère va faire partie de ma famille, et je prends soin de ma famille. D'accord, je ne suis pas content qu'elle t'ait mise dans cette situation et je n'aime pas comment elle t'a traitée, mais elle reste ta mère, et une femme qui mérite le respect à Darlington. C'est une solution facile.

J'ai pris sa main et je l'ai conduite à la chambre, où j'ai ouvert ma valise. Elle a suivi mon exemple et s'est habillée.

– Alors, quelle est la solution difficile ? a-t-elle demandé en riant comme si elle avait du mal à croire ce qui arrivait. Tu as mentionné une solution facile quelques fois, ce qui me porte à croire qu'il y a une solution difficile.

– Oui, on a quelques défis à relever.

Je me dépêchais de faire mes valises, ne voulant pas rester dans ce manoir une minute de plus.

– Tu veux dire avec moi ? Vivre ensemble ?

J'ai éclaté de rire.

– Je crois qu'on a prouvé qu'on peut vivre ensemble, ai-je dit avec un clin d'œil. Non, un très gros défi nous attend, et je me demande si on va y arriver.

Elle s'est arrêtée et m'a regardé avec inquiétude.

– Quoi donc ?

J'ai traversé la pièce et pris ses mains dans les miennes.

– On a seulement cent neuf jours pour planifier un mariage, et j'ai le pressentiment que ta mère et toi… eh ben, je commence à croire que tu vas être une Bridezilla… tu sais, les mariées qui se transforment en monstre à l'approche de la cérémonie.

Le visage de Bellamy s'est illuminé alors qu'elle riait et secouait la tête.

– Je te promets que je ne serai pas — d'accord… je ne peux rien promettre. Je le serai peut-être. Mais je vais m'efforcer de bien me comporter, et tenir ma mère en laisse. (Elle a ri de plus belle en s'accrochant à mon cou.) J'ai tellement de chance de t'avoir dans ma vie, Emmett Washington. Je me demande ce que j'ai fait pour le mériter.

– Ben, tu as choisi d'être une belle, ai-je répondu. Et j'ai été assez intelligent pour te choisir.

— Je te choisis aussi, a-t-elle dit, se hissant sur la pointe des pieds pour m'embrasser.

— Et je continuerai de te choisir. Encore et encore.

Nos lèvres se sont trouvées, et j'ai goûté le nectar le plus sucré de ma vie.

ÉPILOGUE
WALKER ST. CLAIRE

IL Y AVAIT un bail que j'avais pris un coup avec les gars. Entre les épreuves d'Initiation, la vie et tout, eh bien... c'était sympa de pouvoir enfin boire une bière fraîche avec mes potes.

– J'arrive pas à croire que tu vas te mettre la corde au cou dans une semaine, ai-je dit à Emmett. Comment tu te sens ?

Il a pouffé, puis il a bu sa bière avant de répondre.

– Soulagé. Préparer un mariage avec ma future belle-mère est l'enfer sur Terre. Sans blague, je l'aime bien, mais oh putain... Tout doit être *parfait* à ses yeux.

– Eh ben, c'est sa fille unique, a remarqué Montgomery. Et on est à Darlington, après tout.

– J'arrive toujours pas à croire que vous soyez presque tous casés, ai-je dit, surpris de voir la vie de mes amis changer aussi rapidement. À croire que le manoir des Oléandres est devenu un attrape-mari. Où est la tradition du péché et de la débauche ?

– Oh, crois-moi, a renâclé Rafe. C'est encore tout ça, et plus encore.

– Ouais, tu verras bien, a ajouté Beau. Ce sera ton tour bien assez vite.

– J'ai quand même l'impression qu'on doit changer les choses, a dit Montgomery en retrouvant son sérieux. Quand on sera tous membres, et en passe de devenir un Ancien, il faudra changer les traditions. C'est trop pervers.

– Tu me fais penser à Sully, ai-je dit. Perso, je suis plus conservateur. Je ne pense pas qu'on doit réformer l'Ordre. Parfois, il faut respecter l'histoire.

– Sully a raison, s'est empressé de dire Montgomery. Et t'as pas vu ce qu'on a vu ni vécu ce qu'on a vécu. Ton tour va venir, et j'ai le pressentiment que tu ne vas pas vouloir garder les traditions en vie autant que tu le crois.

– Eh ben, ça ne peut pas être si mal que ça si vous avez tous trouvé l'amour de votre vie pendant l'Initiation, ai-je dit, haussant les épaules, puis prenant une goulée de bière. Mon Initiation va être bien différente de la vôtre de toute façon. Je ne peux pas épouser une belle. Je ne peux même pas envisager d'être avec une belle à la fin. Contrairement à vous, je dois penser à ma réputation et à mon image en sortant de là. Je ne peux pas me porter candidat à la mairie avec une réputation entachée. Et je ne peux pas risquer que ma future femme ait un passé... offensant aux yeux des électeurs de Darlington. Vous savez que j'ai un nom et une lignée à protéger, et... c'est juste la politique.

Mes potes ont tous roulé des yeux, mais pas de façon méchante. Ils savaient combien la politique comptait pour moi. On m'avait entraîné à marcher sur les pas de mon père depuis la naissance. C'était qui j'étais. C'était mon identité.

Le manoir des Oléandres, l'Ordre du fantôme d'argent et l'Initiation constituaient le dernier jalon. Je devais devenir un membre de l'Ordre afin d'obtenir tout le soutien et l'appui nécessaires pour assurer mon élection.

– Je ne me serais jamais imaginé planifier un mariage en sortant des épreuves, a dit Emmett. On réalise seulement à quel point on n'a aucun contrôle sur son destin une fois qu'on est entre ces murs. Le manoir des Oléandres est vraiment une saloperie pour ça. Et le fait que ton père soit membre ne garantit pas que tu le seras aussi. Les épreuves vont être remplies de trucs que tu ne voudras pas faire. Et même ton papa ne pourra pas t'aider.

J'ai opiné, même si je n'en croyais rien. Je pensais réellement que me faire passer les épreuves n'était qu'une formalité, de la frime. Je deviendrais membre et, très bientôt, je serais un Ancien. On m'avait aussi éduqué pour ça.

Lorsqu'on grandissait à Darlington, une vérité régissait notre existence.

Le livre de notre vie et tous ses chapitres avaient déjà été écrits pour nous.

On ne pouvait pas le réécrire.

———

Un mois et demi plus tard

– Comment ça, elle a abandonné ? ai-je demandé perplexe, en fixant le visage affligé de Mme H.

– Elle est venue me voir en pleine nuit et m'a suppliée de ne pas te réveiller. Elle a dit qu'elle ne pouvait plus continuer.

Je suis sorti du lit et j'ai fixé l'espace vide à côté de moi. Où ma belle était censée se trouver.

La belle qui venait apparemment de m'abandonner.

– Elle a dit pourquoi ?

Je me suis passé les mains dans les cheveux, puis j'ai cherché mon froc. Je ne portais qu'un caleçon, mais j'étais trop bouleversé pour être gêné devant Mme H. Peut-être que si j'allais voir la fille et que je la convainquais de changer d'avis avant que quiconque ne l'apprenne...

– Les Anciens sont déjà au courant. Ils sont en bas. Ils ont convoqué une réunion à huis clos pour décider quoi faire de toi maintenant.

Merde. Je me suis laissé choir sur le lit et j'ai regardé Mme H., impuissant.

– Qu'est-ce qu'elle a dit d'autre ? Je ne pensais pas que ça se passait si mal.

Certes, l'Initiation ne se passait pas de façon aussi magique entre Sarah, ma belle, et moi que celle de mes meilleurs amis semblait l'avoir été. Ils avaient tous trouvé le grand amour, alors que Sarah et moi, c'était... eh ben, correct. Acceptable, quoi.

Nous n'avions même pas encore eu d'épreuve périlleuse. Et elle n'avait pas regimbé à celle du tatouage. Elle était partante pour le sexe, et le reste du temps, elle voulait juste regarder la télé.

Ce qui me convenait. J'avais du boulot. Je pensais que tout allait bien, qu'on retirait chacun ce qu'on voulait de l'expérience.

Mais là, elle m'avait carrément laissé en rade.

Qu'est-ce qui lui a pris, putain de merde ?

– Elle n'a rien dit d'autre, et ça n'a plus d'importance. Tu dois te dépêcher, mon cher, a dit Mme H., le front plissé par l'inquiétude. Ils attendent. Et ton père ne semble pas heureux.

J'ai dégluti et je me suis levé.

On ne peut pas réécrire le livre de sa vie. L'heure était maintenant venue d'affronter ce que le destin me réservait. Parce qu'apparemment, mon avenir était très différent de celui que j'avais toujours imaginé.

Parce qu'aucun St. Claire n'avait échoué aux épreuves, pas depuis six générations.

Aucun St. Claire avant moi.

———

Ne vous arrêtez pas maintenant.
La série Beautés brisées continue avec
SOMPTUEUSE CORRUPTION
Envie de lire l'histoire de Walker St. Claire ?

AUSSI DE STASIA BLACK

Dark Contemporary Romances

Série beautés brisées

Péchés élégants [https://geni.us/PeEl-FR-w]

Mensonges sublimes [https://geni.us/MeSu-FR-w]

Opulente obsession [https://geni.us/OpOb-FR-w]

Malice héréditaire [https://geni.us/MaHe-FR-w]

Vengeance délicate

Somptueuse corruption

Série Sombre Amour

À vif [https://geni.us/AVif-FR-w]

Brisée [https://geni.us/Br-FR-w]

Fais-moi mal [https://geni.us/FaMo-FR-w]

Série Stud Ranch

La vierge et la bête [https://geni.us/LaVi-FR-w]

Hunter [https://geni.us/Hu-FR-w]

La vierge d'à côté [https://geni.us/LaViDa-FR-w]

Reece [https://geni.us/Reece-FR-w]

Jeremiah [https://geni.us/Jeremiah-FR-w]

Série L'innocence brisée

Innocence [https://geni.us/Innocence-FR-w]

Éveil [https://geni.us/Eveil-FR-w]

Reine des Enfers [https://geni.us/ReDeEn-FR-w]

Série Milliardaire Captive

La Belle et sa Bête

La Belle et les Epines

La Belle et la Rose

Gratuit

Indécent: https://BookHip.com/NRZLTLF

Sci-fi Romances

Série Draci Alien

Mon Obsession Extraterrestre [https://geni.us/MoObEx-FR-w]

Mon Bébé Extraterrestre [https://geni.us/MoBeEx-FR-w]

Mon Extraterrestre Sauvage [https://geni.us/MoExSa-FE-w]

Série de tombolas de mariage

Leur protégée [https://geni.us/LePr-FR-w]

Leur muse [https://geni.us/LeMu-FR-w]

Leur promise [https://geni.us/LePro-FR-w]

Leur insoumise [https://geni.us/LeIn-FR-w]

Leur prisonnière [https://geni.us/LePri-FR-w]

Gratuit

Leur lune de miel [https://dl.bookfunnel.com/f54au044ul]

<u>NEC PLUS ULTRA</u>

LUXURE ET WHISKY

FUREUR ET VODKA

IDÉE FIXE ET EAU-DE-VIE

TÉNÉBRES & PUR MALT

———

CAPTIVE VOW: ÉTERNELLE CAPTIVE

À PROPOS DE STASIA BLACK

Stasia a grandi au Texas, s'est gelée dans le Minnesota pendant cinq ans et connaît aujourd'hui le bonheur de vivre sous le soleil de la Californie, qu'elle ne quittera jamais.

Elle aime écrire, lire, écouter des podcasts et s'est récemment remise au vélo après une période sabbatique de vingt ans (des bosses et des bleus le prouvent). Elle vit avec son premier supporter, aka son beau mari, et leur fils ado. Ouah, taper cette phrase ne la rajeunit pas ! Et écrire sur elle à la troisième personne a un petit côté schizo, mais bon… revenons à nos moutons.

Stasia est fascinée par les histoires romantiques complexes. Elle veut percer le vernis des êtres et fouiller leurs côtés obscurs, leurs motivations malsaines et leurs désirs les plus secrets. En résumé, elle crée des personnages qui provoquent en alternance les rires, les vilaines larmes, donnent envie aux lecteurs de lancer leur Kindle à travers la pièce… avant de tomber amoureux d'un nouveau héros romantique.

———

Pour rester informé de l'actualité et des ventes de livres, abonnez-vous à la newsletter française de Stasia.

https://www.
subscribepage.com/stasiablackfrenchnewsletter

À PROPOS DE ALTA HENSLEY

Alta Hensley est une auteure de thrillers romantiques et de romances dark, classés best-sellers par le USA Today.

Alta a toujours grand plaisir à recevoir les commentaires de mes lecteurs, n'oubliez pas de la contacter sur

Newsletter: readerlinks.com/l/1804125
Website: www.altahensley.com
Facebook: facebook.com/AltaHensleyAuthor
Twitter: twitter.com/AltaHensley
Instagram: instagram.com/altahensley
BookBub: bookbub.com/authors/alta-hensley